世紀文庫
文學024

惆悵夕陽

彭歌 著

【代序】

為了未來

彭歌

對於愛文學的人來說，寫作，不論寫甚麼題材，用甚麼方式，都應該是很莊重的事。這裡的三篇小說，寫的是一個很莊重的題目：臺灣海峽兩岸中國人的關係。不同的視角，一貫的深情。

〈惆悵夕陽〉，是從海外看大陸，經過幾十年風風雨雨，異域重見，紅顏已老，各自經歷了太多的滄桑，連當年的熾情也不一樣了。這一篇是我退休離臺、在美國住了近二十年之後的新作品，沒有發表過，帶回來給朋友們看看。他們說：「很有分量的作品。」也許是為了禮貌吧。他們也很誠懇地告訴我：「今天的年輕人，受不了這樣的沉重。」

我寫〈惆悵夕陽〉，倒並不是為了讚嘆「夕陽無限好」，更不是為了「只是近黃昏」而惆悵，我想的是更遠的、更光明的（至少不再是那麼悲慘混亂的）未來。

〈向前看的人〉，寫的是臺灣剛剛解除戒嚴，開放前往大陸省親訪友。幾十年前的親人、好友，曾經形同陌路，甚至有如敵體，此時恢復了舊日的情分。「乍見翻疑夢」，但畢竟又已重逢。雖然進入老境，仍然要「向前看」。走到了這一步，也應該向前看，過去受的苦才不都是枉然。

〈微塵〉寫得更早。兩岸尚未正式開放，剛剛有初步的接觸，彼此都有許多的疑難。突然停電、懸在半空中的電梯裡，一男一女的遭際，其實正是那年頭許多中國人心情的象徵。今天再去回顧，似乎已是十分遙遠的、不可思議的事。

中國人受的苦難已經太多，記住過去的種種，從惆悵中走出去，這才是我殷切的期待。

對於年逾八旬的我來說，經過了「痛定思痛」的煎熬，確信那樣的好日子終於會來的，雖然我自己未必能盼到那一天了。

我的期待，中國人的希望，都已「盡在不言中」。我不用多說了。

二〇〇九年盛夏
臺灣竹北鄉下

【導讀】

兩岸知識分子的對話

張素貞

彭歌先生是小說家、新聞學學者兼報人，他寫小說、專欄，譯介文學作品，已出版的書籍超過七十本。他的小說，長、中、短篇都有，加上本書所選的後期創作，總計小說六十篇，一個圓滿的數目。他的小說創作曾多項獲獎，部分作品被譯為英、日、韓等文。小說是彭歌的最愛，他說過：「對於小說，一方面抱著一種虔敬的看法，好像對宗教；一方面又懷有一份親密的感情，彷彿對妻子親朋。」留美回國之後，服務於學界、報界，著述、工作之餘，欠缺完整的時間撰寫小說，他便抽暇譯介外國小說，做為一種精神上的彌補。《惆悵夕陽》收錄的三篇後期創作，寫作時間相距都不算短，可以想見他對小說的鍾愛，細密綿長，欲罷不能。

六十年前彭歌避禍來臺。從抗日到逃共，正是彭歌高小到大學的黃金歲月，回首故園，挫辱的慘痛記憶猶新，不免也要寫些傷痕見證文學。時移事往，他的小說時代背景，從〈微塵〉(1983)、〈向前看的人〉(1993) 及新作〈惆悵夕陽〉(2009) 這三篇後期創作來觀察，少年求學、抗日避難逃共、在臺定居、留學美國仍是作者愛用的經驗。不過，反共的意識消褪淡化，成為對共黨治下的大陸人民極大的悲憫與關懷，其間仍帶著相當程度的批判。

在政治紛爭的歷史慘痛經驗中，來自北平（彭歌不太習慣採用共黨轄治的「北京」）的彭歌，關懷兩岸華人的生存情境，是「一繫故園心」最自然不過的展現。處理太切身的問題本來就很不容易，不同於白先勇少寫知識分子的困境，彭歌常拿自己的經歷做為小說人物的真實背景，新聞工作者的寫實觀點自不相同。三篇小說的主角都是像彭歌一樣的高級知識分子，最接近的是〈向前看的人〉；〈微塵〉與〈惆悵夕陽〉則截取至留學前後的經驗，並編入留美的情節，一者是十年，一者則已至垂垂老病。

〈微塵〉寫作的觸發點，應該是彭歌自己的長篇《從香檳來的》(1970) 中鍾華對安娜講的故事：一個勤奮的會計員在電梯故障中「孤獨的恐怖」。〈微塵〉的男主角在電梯的禁錮中也想起有篇文章「描寫現代人的孤絕感」。電梯中有兩個來自海峽兩岸的中國人：來自臺灣的男子具有大陸生長的背景，在美國工作順利，開朗、不顧忌；來自大陸的少女奉命中輟留學，即將歸國，「似乎有太多的戒懼，像一隻小白兔遇到了敵人」。男子嘗試突破藩籬，跟同胞溝通，女子試探、好奇，兩人都為自己的地方辯護。黑暗中的兩粒微塵交會了，彼此似乎有一點了解。當光明到來時，少女答應男子邀請吃三鮮鍋貼，她想：「黑暗讓人恐懼、孤獨，但也給人勇氣，讓人多想一想，增強了一個人掙脫黑暗的決心。人，畢竟不是微塵。」作者寄望遙深，在那還未開放戒嚴的時代，確信臺灣的民主必定能對大陸同胞產生作用。正因如此，本篇起筆故意不設定時間與空間，只是一個「極其繁忙而又極其孤寂的地方」，為能達致讓兩岸阻隔的知識分子有互相從容理解的可能，必須是「異國的都會」。

彭歌來自大陸，對大陸數十年來的政治運動給知識分子帶來慘重的浩劫，不能不沉痛關注。〈向前看的人〉選擇精簡的人事布局，把龐大錯綜的歷史編織進去，其間鎔入作者自己寶貴的經驗。兩對夫妻，妻子是親姐妹，連襟是好同學。一對渡海來臺，夫妻都有工作，王燕生新聞系出身，由記者一直做到總編輯（幾乎跟彭歌一樣）；一對滯留大陸，夫妻都是高幹，胡之遙更是共產黨地下工作者、學運推動者，是功在黨國的人。當年兩個少年是球友，由於相聲演員急智詼諧的批判抗議竟致被捕，刺激了少年決心逃離淪陷區。尋找不到傳奇英雄海淀王先生引領，只好求助球隊教練徐中忱，徐安排了陳丹美、丹琳姐妹一起逃亡，自己卻因母病耽擱。四人一路按照路線前行，得助於劉氏兄弟以排子車闖過封鎖線，贈送一個包袱做通行證，安全到達了大後方，各自考取大學，王、胡的性向和志趣逐漸見出分歧。最後一次見面是在上海，跟徐老師重逢，胡已擺出等待解放預備接收的姿態，王、陳與胡不歡而散。然後是四十年的睽隔，王燕生到北平後才具體了解胡之遙在文革期間被打壞了腿，丹琳有過兩個孩子，一個夭折，一個流產。徐老師自殺，他們不避顧忌，領養了老師的兒子徐剛。胡要求王燕生代徐剛留意出國的事。探親回來不久，天安門事件爆發了，徐剛被關進監獄。

小說五萬字，在《聯合報・副刊》連載五十四天，於民國八十二年元月十八日刊完。兩對夫妻彼此個性鮮明，他們的親誼後來因政治立場殊異而糅雜了怨恨，兩岸長久的隔離以及政治的禁忌也形成無奈的疏遠。抗戰時期錯綜複雜的求學與流亡經歷，只添加了徐老師母子與劉氏兄弟；四十年後，要「向前看」，也只談及王的兒子元元及徐老師的子嗣徐剛。王元元嚮往並實踐史懷哲服務非洲的大悲憫，深受胡之遙嘉許；徐剛雖未露面，他參與天安門抗爭，代表「向前看」的精神，對未來美好的憧憬，他的作用還可以綰合四十年前後透過徐老師傳遞的「不肯輸」的意念。

早在《落月》(1956)的寫作年代，彭歌就已靈活運用今昔交錯的結構，並著力經營人物的心理描繪。事隔近四十年，〈向前看的人〉謀篇技巧更見多元，而且蘊藉客觀，自然不露形跡。以彭歌往年的血氣和親身體驗而言，能盪滌塵垢，平靜鋪描一些令人血脈賁張的慘痛事跡，誠屬不易。

小說從王燕生動念要回北平探親寫起。開放大陸探親已有多時，王燕生一直避而不談，也不准家人談。以年近八旬在英國愛丁堡教書的五叔做襯比，「只要是共產黨在一天，咱們就一天不要回去」。家務事任由陳丹美做主的王燕生，其實有蠻牛脾性，陳即使綽號「牽牛花」，能「牽牛」，胡之遙記得年輕時他講道理「爭得面紅耳赤的樣子」，也想到「丹美坐在一旁、低眉斂目的神情」。彭歌善用人物視點來描摹人物，精準的幾筆就把王、陳的特質呈現出來。描摹人情，作者也能平淡見真醇。陳丹琳想探知香港雜誌刊載的懷舊文章作者是否就是姐夫，胡不贊同搞「海外關係」，不知暫時的開放，是否又會變成「引蛇出洞」的陰謀？輾轉收到回信，丹美的筆調完全不像妹妹記憶中的「親切溫婉」，只是最平凡不過的「平安家書」，可以「公諸天下」，絕對挑剔不了任何毛病。這情節如實地交代兩岸微妙詭譎的政治環境，為對方，也為自己，都寧可謹慎小心，掩飾真情。最後徐剛出事了，胡之遙來信，勸止王燕生暫時不必為徐剛的出國費心，理由是「此子性情執拗」，「我已送他回舅母處住一時再作打算……」王燕生解說，是「關在監牢裡」了。「徐剛想必是為了天安門血案而被捕的。」有些話就是不能明說，呈現小說人物的實際境況，這樣平淡的文筆寫來，不僅寫實，而且更能適度地醞釀那種危險而不安的氣氛。

小說中的心理描摹相當細膩，而仍然是選擇性的安排人物視點，著墨濃淡也隨人物的重要性而異。採用王燕生的視角寫出的篇幅最多，其次是胡之遙、陳丹美、陳丹琳，至於徐老師與劉氏兄弟則是透過王燕生的客觀觀察角度呈現；胡之遙的大腿傷殘也要到王抵達北平，才從他的視點揭露。這樣子參差配置，有層次也有輕重。那位影響胡之遙轉意要上陝北（雖然只在上海）投共的陳某人，一直沒有現身，讓他只保留在胡之遙的傳述中，這些妥切的處理成功地營造了懸疑及驚異的效果。

〈向前看的人〉裡很多「向前看」的意象，尾聲中胡之遙的信說：「跳脫塵網勞形之上策，唯有放寬心境，一意向前而已。」信中還引述〈路加福音〉的兩句：「手扶著犁杖向後看的人，不能進上帝之國。」儘管此岸的王、陳沒有把握完全無誤地掌握彼岸胡、陳這些話的真正主旨，但是逝者已矣，不再追究過去，承擔起屈辱和重負，不必問因由，且看未來吧！年輕一代的行為準則也許不同於過往的自己，胡之遙都能理解；《聖經》這種讀本，當年怎有可能平靜接受而反覆品玩？是的，堅決、貞靜、勇敢地懷著理想向前看，這和當年徐老師鼓舞的不服輸的精神正是遠遠銜接著呢！

同樣關懷海峽兩岸人物的生存情境，尤其關懷文革鉅變產生的影響，新作〈惆悵夕陽〉添加了愛情這亙古的命題。一對舊情人（old flame）在男士定居美國的住所相會，女子剛以優良教師代表的身分參加了美國的考察旅遊，男士的妻子因事外出。〈惆悵夕陽〉的愛情，在抗戰時期的時代氛圍，是外表平淡而內心深摯的相契。余如海把幾經亂離收藏的幼少年家庭照片都交給汪寒雲，不能說不深愛；而後來她為求自保不得不燒燬了它，則呈顯了共黨治下的恐慌驚懼。一對眾人公認應該馬上結婚的情侶，因戰亂而分離；四十年後相見，業已經歷人生許多關口。彼此各自婚嫁，都因為大苦中受惠感恩，汪寒雲和老張結婚十多年，「為了這樣那樣的原因，兩人真正在一起連頭到尾不到一年」。這該是大陸許多家庭共同的不幸吧！余如海與康寧的婚姻，基本上是互相扶持，康寧做妻子兼看護，繼女和他親密和諧，他很幸福。但是，見到汪寒雲，他仍不免悵然若失。汪寒雲小心測探起對方情愛的分量。汪在最痛苦的時候，相信「他活著，我不能死」。余以元稹的〈離思〉表明心志，並強調：更愛後頭兩句。曾經擁有的，再也沒有人能替代；「半緣修道半緣君」，為了思念無從排解，只有為你而修道，把你珍藏在內心深處，藉著修道來求得心靈的平靜。如此的愛情，暌違阻隔生死未卜，能再度相逢已經非常難得，而人事皆非，夕陽雖好，已近黃昏，怎能不惆悵？

關懷知識分子在政治運動中的遭難，是這三篇後期小說共同的特色。當年熱衷改革救國的青年，不乏真誠愛國，熱血赴難的刻苦志士。劉少奇有功而遭禍，最能呈顯傾軋爭權有理難伸的慘狀。余如海的親兄弟余如山，就像〈向前看的人〉裡的胡之遙，是男主角最親近的人，都是曾在上海從事地下工作，後來都逃不過文革小將的摧殘。余如山的下場撲朔迷離，描寫得更多，卻終究只是猜測，如此更能讓人感受到政治迫害之嚴重。〈向前看的人〉中借胡之遙之口說：「那十年，不知冤枉整死了多少人。」〈惆悵夕陽〉中汪寒雲也說：「這些年糟蹋了多少好人。」胡之遙、陳丹琳談到「三面紅旗」時鬧饑荒餓死幾千萬人。大男人挨餓受不了，曾經拿雜貨店久放變質的「調經丸」咀嚼，竟然沒有餓死。出乎常情的如實描摹，令人不忍置信的真實有效地傳達了特殊情境的震撼實感。〈惆悵夕陽〉中余如海談起某地下黨人寫下一生的總結：「以前如果有人說他幹共產黨是誤入歧途，他一定會翻臉；現在，若是有人誇獎他為黨犧牲奮鬥，有多麼了不起，他也一定會跟人拚命。」同樣是出乎常情的如實描摹，是幾經生死關頭，歷經多少政治風暴，到晚年才有的一番痛徹定悟。這些情節耐人省思。

〈惆悵夕陽〉的主線雖是愛情，關懷的層面卻很廣。情侶敘舊，談戰亂，談大陸的各種運動，也談論文革。余如海還談到學者的專精問題，「切香腸」挖深研究的訣竅。余、汪更談起兩岸的遠景：繼〈微塵〉的思考，臺灣即使近年有些混亂，畢竟是朝民主的方向努力，可以讓大陸借鑑嗎？大陸政權有可能放寬嗎？其次，許多人拿文革來比論臺灣的二二八，儘管範圍更大、時間更長、受害者眾多，「但追求真相的人卻是一代接一代，這個病灶不挖出來是不行的」。心繫兩岸，向前瞻望，可以說是《惆悵夕陽》的主題，兩岸知識分子的對話，反映了當代知識分子面對當代時事的深切關懷。

（本文作者為臺灣師範大學國文系教授）

惆悵夕陽

目次

惆悵夕陽

向晚意不適，驅車登古原。
夕陽無限好，只是近黃昏。

李商隱〈樂遊原〉

1

遠遠望去，白白的雲霧飄浮。余如海憑欄眺望，虛無縹緲的雲層後面，彷彿是青山隱隱，給人一種「海上有仙山」的感覺，也說不準那一邊是不是真的有山。

「來，把這個披上，」康寧走到陽臺上來，捧著一件灰色的厚夾克，「你老是忘了一大清早的海風有多麼涼。」

康寧圓圓的臉，短短的頭髮，比他年輕二十好幾歲。剛結婚那些年，他總覺得她不像是他的妻子，而是一個愛拌嘴的小妹妹，甚至是一個常常撒嬌的女兒。可是，自從前兩年他動過一次大手術、體力大大衰退之後，康寧對待他大大改變，而是像一個果決幹練的少婦，對付一個倔強孤僻的小男孩兒。她細心呵護他，但絕不姑息。一是一，二是二，規矩就是規矩，醫師的話，復健師的話，和她自己不知從甚麼地方得到的養生保健的祕訣，一條一條，他都得聽從。表面上他會抗拒，但心裡明白，那都是為他好，瑣瑣碎碎的、許多婆婆媽媽的愛。

康寧幫他把夾克穿好，拉上拉鍊，輕輕拍著他的胸口：

「站在這兒傻看甚麼，她說來，就一準會來的。」康寧指指金門大橋的方向，「從城裡開車過來，總還要個把鐘頭。」

「妳說誰？家裡有客人嗎？」他漫不經心地問。

「誰？你真的又忘了嗎？上星期就約好的，今天上午來，你的Old flame。」康寧是在美國出生的中國人，所謂ABC。她平日說話，偶爾會習慣性地帶出一兩個英文字。她覺得，用Old flame比說「老情人」顯得更灑脫些，不那麼酸溜溜的。

「妳說，她等一會兒就到，就是今天？」

「你是真老了，還是故意裝糊塗？電話上是你自己講定的，今天早上到我們家來，她姪子開車送她過來。那個青年人叫甚麼名字，記得吧？說是在柏克萊加州大學研究。」

「記得，叫馬克。馬克・汪。已經得了博士，不能再當人家孩子，他算是訪問學者吧。」

兩人回到餐廳裡，對坐默默吃早餐。一杯果汁，一杯脫脂牛奶，一片乾巴巴的麵包，沒有黃油和果醬。如海以前很討厭美國式的鹹肉煎蛋，現在想吃也不可得。鹹肉脂肪多，鹽分多，雞蛋黃又是高膽固醇，而且是壞的那種。

「我本來應該在家裡迎候嘉賓，可是，」康寧慢條斯理地說，「偏偏他們要我出差。為了爭下年度的預算，院長自己出馬，我也必須陪著。」康寧是一家公立醫院的中層主管，和州政府以及議會裡那些大人物打交道，她比上任未久的院長內行多多。

如海點點頭，表示完全諒解。康寧不時到外埠去開會，是她工作的一部分。

「我不在，你們可以談得更輕鬆些，」她故意壓低了聲音，「更甜蜜些？」

如海又點點頭，但隨即皺起眉頭，「到了咱們這把年紀，還開這種玩笑，妳不覺得無聊？」

「我不過是隨口說說。」康寧說，「冰箱裡我預備了現成的東西，午間你可以弄點兒簡單的待客。最好是請馬克開車下山，那幾家飯館都不遠。」

「妳不用管了，」如海說，「艾莉絲今天該回家來，她可以陪我們去吃海鮮。」

艾莉絲是他們的女兒，是康寧前一次婚姻生的唯一的孩子。她的生父詹森是一個音樂家，懷才不遇——那是他自己的想法，中年酗酒，潦倒不堪，脾氣就變得非常奇怪。康寧不得不跟他仳離，法庭判定，女兒歸她帶。

艾莉絲三十出頭，沒有結婚，在東灣一家中學當老師。樂天開朗的性格，很像她母親。學校裡工作挺忙的，過海灣常碰上塞車，所以她在學校附近租房子，週末才回家來和父母團聚。

艾莉絲失去父愛，要過幾年叛逆性格。如海對待她自有一套辦法：不跟她多嚕嗦，當她們母女發生爭執的時候，他保持中立。他相信，只要你從心眼兒裡愛她、疼她、關心她，她總會懂得。雖不是親生的父女，艾莉絲很喜愛、尊敬這個老爸爸。

「那我就上路了。」康寧提著一個旅行衣箱，肩頭掛著那個終日不離的電腦包包，走到樓下車房去。

像往日一樣，如海站在陽臺上向她揮手。他多年來養成的習慣是，一個親人開始一段旅程，無論遠近，總得有一個人為他送別。

片刻間，銀灰色的凌志已經駛入下山的車道，盤旋而下，漸行漸遠，很快就看不到了。

如海目送康寧上了路，這一瞬間，他忽然有一種微妙的、如釋重負的感覺。和康寧結婚這麼多年，他從來沒有過任何出軌的事，連偶然的三心二意也沒有。可是，今天的奇特感覺，很像一個小頑童背著大人偷偷伸手到糖罐裡。

Old flame，開甚麼頑笑，活到這樣七老八十的年紀，還想甚麼舊情復燃？我只是好奇，關心，想看看她變成了甚麼樣子，聽聽她告訴我那些年的遭遇，隔了幾十年的雨雪風霜……

2

汪寒雲來到余家時，已經是近午時刻。

她先前曾寄了照片來，但余如海看到她的那一剎那，仍止不住暗暗吃驚。當然，隔了幾十年，她已不再是當年那個明麗、清秀、溫柔、使人想到用枝頭的鮮花去形容她的少女。她臉部的輪廓顯得像岩石一般稜角分明，那些布滿了憂患痕跡的皺紋，更給人一種冷峻的、拒人千里之外的感覺。如果在別的地方驀然相遇，他絕不會認出她來——半生中他曾那樣晝夜思念的那個人。

她穿了一身半新的寶藍色的褲裝，就像希拉蕊前些時競選總統時穿的那種樣式，半高跟鞋，說不出比以前瘦了還是胖了；但他只覺得她比記憶中的樣子矮了許多。年紀到了，腰就挺得沒有那麼直。

如海快步迎向門前，想說一聲「歡迎」，又怕太生分。

「是如海罷，」汪寒雲笑著伸出手來，「你倒是沒怎麼變，不顯老。」她握著他的手用力地搖曳，說不出來心裡有多麼歡喜。

「妳也一樣，」如海明知這話透著虛矯，趕緊說，「真沒想到我們在美國又能見上這一面，難得的緣法。」

寒雲長嘆：「真像古人所說，此身雖在堪驚啊！」

「不管經歷了多少滄桑，能再重聚就好。盼望這一天，幾十年了。」如海引導客人走進客廳。寒雲為他介紹跟在後面那個人。

「我是馬克，跟您在電話上聊過的。剛才我開車錯過了出口，來晚了，害您久等，真對不起。」

「馬克有個中文名字，叫汪中原，是我弟弟的兒子。他們這一代人算是趕上了好日子，結結實實地唸了大學，還有出國進修的機會。」寒雲說，「幸虧有他在這兒，就近接我送我，要不然我真不知道怎樣找到你這個地方。」

「你是研究哪一方面的？」

「在國內，我學的是地球物理。送我出來名義上是後博士研究，這一年多期間，重點是有關地震預測等等的問題。」中原的臉曬得黑紅黑紅的，「美國這方面的研究稱得上先進，的確有很多值得學的東西。」他轉過頭來說：「姑姑，您和余伯伯好好談談。我剛好約了史丹福大學一位教授，有些事情向他當面請教。您看我幾點鐘來接您合適？」

如海沒料到這一點，原來要留下他來開車下山好好吃頓豐盛午餐的話，用不著講了。

寒雲倒是胸有成竹：「那也好，你抓緊時間辦你的事，也免得你在這兒聽我們講古話，插不上嘴反而拘得慌。你下午四點，最遲四點半，接我回旅館。」她笑著對如海說：「我就這樣賴上你，總會招待我吃午飯吧。」

「那當然，那當然。其實，妳何必那麼匆忙。我這兒雖說不上寬敞，客房也還——」

這些話，前幾天在電話上都已說過不止一遍。寒雲是隨團體行動，行程扣得很緊。再說，她若真留下來，在他家住上三天五天，能住得安心嗎？

他們在臺階上目送汪中原上了車，不一會兒，就聽到山鳴谷應的馬達聲飛馳下山。現在，只有他們兩個人了，在這小小世界上。

「你這個地方真是清靜，」寒雲不停地讚嘆，「能住在這種地方養老，是前生修來的福氣。」

如海不知說甚麼好。他原來想像中，兩個人大難不死，劫後重逢，「乍見翻疑夢」的那種狂喜，初見面該會熱烈擁抱，涕泗交流。可是，經過剛才那一番制式的寒暄，他連牽她的手都遲疑起來。只是十分拘謹地、小心翼翼地站在她身旁。

「對不起，我來開門，請進。」

她走進客廳，環室四顧，第一句話是：「這房子布置得好雅緻。剛才中原在路上告訴我，這一帶多的是上百萬的豪宅。」

「沒那麼誇張。前兩年房市狂飆，主要因為地皮搶手，從去年夏天房市直直落，半價都沒人要。」如海這樣解說，彷彿默認住在「這一帶」是個罪過。

這是一幢木造的普普通通的獨立家屋，好就好在蓋在半山，居高臨下，從落地長窗和陽臺上，都可以望見雲海蒼茫、山巒隱隱的風光。他常對遠道來訪的友人說：「我這小屋，外面的風景比房子本身值得多。」

「在我看來，」寒雲幽幽地說，「這就是『別有天地非人間』了罷。」

請她安坐在對著海灣的沙發上，「沒甚麼招待的，我去泡杯茶來。」

「不用忙，我——」寒雲瞧著通內室的門，「你夫人呢？請出來見見吧。」

「我正要代她向妳致歉。她們醫院裡有事，臨時要她到沙加緬度去，無非是找州政府和議會的要員們，為爭預算去疏通疏通。美國人這一套挺嚕嗦的。她動身前再三要我跟妳說，不能親自歡迎妳，真是不好意思。」

「哪兒話，當然是她的公事要緊。」

一講到康寧，兩個人都不期然地沉默下來，彷彿是在兩人之間出現了一道玻璃帷幕，看不見，很近，也很遠。

康寧此刻要能留在家中，那該有多麼好。他想。她一定能找出更溫暖、更親切的話題。他和朋友、同事、學生之間的來往，康寧一直是主要的潤滑劑。

不過，今天的情況不比往常，他想起康寧剛才說的那句玩笑話：Old flame。

也許並不完全是玩笑話，她心裡怎麼想的，誰知道。

他覷著寒雲，她靜靜地把玩著青花瓷的茶杯，也不知在想甚麼。

3

寒雲這次來美國，先到東岸，再轉來西岸回國。這是她第一次到美國，也是第一次走出國門。

「跑了半個多月，妳的觀感怎樣，妳看美國——」

「走馬觀花唄，能有甚麼觀感。我覺得都挺新鮮的。我喜歡的是那些中小城鎮，沒有那麼多的人，顯得空闊開朗，整潔安靜。那些學校，圖書館，運動場，海灘，我喜歡得不得了。」

「大城市就不一樣，像紐約，緊張，亂糟糟。」

「紐約我們停了幾天，參觀了兩三處學校，辦得不錯。可是，街面上就不一樣，有些牆壁上塗抹得亂七八糟，很可惜。」

寒雲參加的團體，是省裡派出來考察中小學校語文教育的。團員裡有主管機關的領導幹部，寒雲則算是資深優良教師推選出來的代表。

「不容易，教書那麼多年，也虧了妳。」

「唉，說甚麼資深、優良，那都是冠冕堂皇的門面話。上頭有人，知道我前些年背了冤枉，吃盡苦頭，居然還能活到現在。上邊的人翻身了，連帶著像我這樣的也成了香餑餑。」

「出國考察也算是一種補償？」

「反正以前輪不到我頭上。」

「這應該算是改革開放的好處吧？」

「我也說不上，以前作夢都夢不到的事，」她沉吟片刻，「作夢倒是作過，醒過來一場空，不敢相信。」

「我懂，我懂那種感覺，我也曾經有過那樣的經驗。」如海望著窗外漸漸淡去的煙雲，「有一回，我居然夢見了二八園，妳就站在水池邊。」

二八園不是甚麼風景名勝，是重慶郊區他們當年就讀的大學裡一個角落。抗戰初期，日本飛機常常來轟炸，連偏僻山區也難以避免。一顆炸彈落在大學的行政中心附近，留下很大的一個彈坑，那是民國廿八年間的事。後來的人索性把彈坑挖大挖深，引水為池，圍以花木，稱之為二八園。到了如海他們入學時，抗戰已經勝利，那二八園留下來成了具體而微的戰火遺跡。

新生到註冊組辦理報到，都要在行政中心門前排隊，排尾一直排到二八園。如海剛好站在寒雲後面，他對她笑笑，點點頭。她沒有甚麼回應，這是他預料之中的正常反應。那年頭，男女同學之間仍有一道無形界線。過了相當長的時間，那界線才漸漸泯除。

「那時候，人人抱怨生活太苦，課業太重，活得好艱難，」寒雲嘆息，「事過境遷之後，回想起來，那才是我一輩子最美好、最值得回憶的日子。」

八年抗戰結束，日本無條件投降，中國人的苦難並沒有過去。大學生號稱天之驕子，依然要靠政府的公費（本來的名稱是貸金），吃的也仍然是有稗子和泥沙的八寶米。

大家心急的是早早復員，「青春作伴好還鄉」。更著急的是，日本鬼子趕跑了，正是「書生報國」、獻身建設的千載良機。課本上學到的東西，何時可以派上用場？

他們兩人同屆不同系，有些共同必修課才會碰到一起，分組討論和到圖書館自修時，偶爾有些接觸，來往多了，漸漸滋生某些「了然於心」的說不出來的默契。

如海曾自我解嘲說，這是他生平第一次戀愛，初戀竟是沒有幾分浪漫情趣的「陽春戀愛」，陽春白雪式的曲高和寡，或不如說是一碗清湯寡水的陽春麵。

從重慶到南京，之後的那幾年宛如一場噩夢。勝利之後短暫的「四強之一」的虛榮感，掩飾不了內戰帶來的動盪與危機。臨到他們要畢業的那一年，徐蚌會戰已經結束，老總統下野，共軍已經逼近長江。政治上是中樞無主，經濟上是瀕臨崩潰，老百姓惶惶然不知如何是好。

寒雲家在漢口，父母函電不斷催她回家。反正學校已經停課，書是讀不成了。她父親信上甚至說，「覆巢之下，焉有完卵」，要她速速離開南京，回到漢口，一家人再商量以後往哪兒逃。

如海家在北方，路早就斷了，想走也走不成。多年來他已習慣流亡學生的身分，走一步說一步的生活方式。

「我最想知道的，」他渴切地說，「是那天晚上我們在江靜輪上分手以後的事。」

4

江靜輪停泊在長江碼頭邊。原來說是中午啟錨，可是，到了黃昏仍沒有出發的跡象，沒有人知道原因。那年頭兒不正常才是正常，所有時間表都只能算是美麗的謊言。

船上到處擠滿了人，岸上還有許多人要上去，也許是為了送行，這是生離死別的場合。聽說這是江靜輪最後一次跑這條航線。

寒雲好不容易上了船，在底層的黑洞洞的大統艙裡占了一席之地。旅客們各自都把行李攤開，那就是自己的地盤。如海弓著腰幫她把衣箱放在靠牆的那一邊。剛才通過檢查那一關，擠上船來好像打了一仗。

「坐下歇歇吧，」寒雲把他拉在身邊，「要是沒有你，我真上不了船。」旁邊一位胖胖的中年婦人，把一條藍褥子抖開來鋪在艙板上，一股尿騷味和潮氣撲鼻而來。兩個小女孩兒大聲哭鬧。

「不要哭了，小祖宗。妳爸爸去給妳們買饅頭包子去了。吃肉包子好不好？」饅頭包子沒有影兒，孩子們哭得更理直氣壯。如海跟寒雲交談的聲音都被蓋住。

「我說，」如海把手作成聽筒狀，「這船還不知甚麼時候才開，我也去買幾個包子給妳墊墊飢。」

寒雲搖搖頭，「你餓了嗎？這辰光哪兒有賣包子的。你這邊來坐吧。」

她拉他坐在身旁，背後靠著箱子。她把一床毛毯蓋在兩個人腿上。

他們雖然已經很好很好，同學們都認為他們是應該馬上結婚的「一對兒」，但他們從來沒有當著這麼多人面前，公然鑽進一個被窩筒裡。他有幾分得意，也很淒涼。他們早就可以這樣親密，而偏偏是到了離別的時刻。

「妳不要為我擔心，到家就趕緊給我來信。學校裡還有那麼多同學，我看這局面也不至於變得那麼快。」如海這些安撫的話，不知已講過多少遍了。

「我知道，你也要自己保重。以後你要是有了甚麼新決定，千萬馬上告訴我。也許如山和他那些朋友講得對。」

如山是如海的哥哥，在上海讀大學，學工程的。畢業早幾年，在一家公營機構裡當起碼的小職員，用非所學，滿懷不平之氣。他和他的朋友們把「換換天」掛在嘴頭上。他常常嘲笑如海有「小布爾喬亞的劣根性」，優柔寡斷，應該要有「昨死今生」的覺悟。

「他很認真地叫我設法北上。照他的估計，解放之後的新社會，處處都需要人才。知識分子應該脫胎換骨，丟掉舊包袱，為人民服務。可是，我那位最好的朋友龍正峰，看法可就跟他們不一樣。」

龍正峰的祖父是江西的小地主，耕讀傳家。共產黨在那兒建立根據地，以打倒地主土豪為名，好多人不明不白被殺害了。龍正峰說：「我爺爺在鄉下是眾口同聲的好人，怎麼會是土豪？革命難道就是革好人的命？」

「這些道理扯不清，」如海說，「回到家，有空就把妳的論文寫好，一旦局面安定下來，學校復課，繳了論文才拿得到畢業文憑啊。」

「寫是一定要寫，我的初稿已經差不多了，可是，」寒雲欲言又止，「你覺得我還能回來嗎？」

「凡事總得往好處想罷。這陣子都在講和談，也說不定和得下來，不要再打打殺殺。」

「你這又是小布爾喬亞的夢幻曲吧。」

「我還有更壞的夢，我知道妳父親的想法，妳說過。」

「那個嘛，用不著你操心，」寒雲在毯子下面的手緊緊揑著如海的手，「我的事，我自有主張。」

汪志恒出身於一個官宦家庭，到他這一代已經沒落，幸而得到父執輩提攜，進入銀行界，多年磨練成了一把好手。他養成銀行界謹小慎微、穩紮穩打的脾性。生活上圖個安逸，飲食起居，都有一套講究。寒雲是他的長女，下面有兩個弟弟。汪志恒本來有些重男輕女，可是寒雲從小兒個性要強，書唸得出色，不得不對她另眼看待。

女兒的婚事是老夫婦的心事。汪太太寵愛女兒，常說現在時代不同了，終身大事該由寒雲自己作主。志恒雖然口頭上也常說「男女平權，婚姻自由」，心裡卻不能忘情「父母之命」的老規矩。他有一個當外交官的好友，那人的兒子一表人才，在官場中初露頭角。志恒已把他看作是乘龍快婿的人選；也一再試探過寒雲的意向。

這些情節，寒雲早已原原本本告訴過如海，「都甚麼年代了，他還會有那樣的想法。」

「不能怪老人家，尤其趕上這兵慌馬亂的年月。他當然是為了妳好。」

「聽你這麼說，是願意我當一個唯大人之命是從的孝女，對不對？」

「反正一切要看妳自己怎麼想。」

「你啊，說這種話，好沒有良心。」她抽出手來，用力地用手指戳著他的額頭。

他默默承受著。當然，他捨不得兩個人的感情就此割捨；但他也想到，如果她能在這惶惶亂世中得到一個安定的歸宿，不必跟他一起亡命天涯，追尋茫無頭緒的出路，也未嘗不可。

「這幾天，我常常想起《紅樓夢》裡一段插曲。」

「哪一段？」如海有些意外。

「就是晴雯臨死之前，賈寶玉偷偷去看望她。晴雯自恨枉自擔了個虛名，眼看活不了幾天，她說出一句後悔的話：『早知如此，當日何必那麼……』」

如海明白她的意思，在幾年相戀期間，他們並不是沒有機會。然而，她的矜持和他的尊重，使他們一心要能作到「把最好的留到最後」。

「妳這話太離譜兒，比擬不倫。晴雯只是怡紅院裡一個丫鬟，而妳在我心目中的分量，林黛玉和薛寶釵加在一起也比不上。妳怎麼會想到那上頭去？」

但，他也體會到她的心事，這可能就是生離死別。如果今後竟沒有長相廝守的機會，豈不就是「枉擔了虛名」？

她根本聽不進他的勸慰，只是伏在他懷裡痛哭，淚水浸透了他那件卡其布上裝的前襟。他把毛毯拉起來蒙住兩個人的頭，緊緊擁抱在一起，涕泗交流，分不清是誰的淚。

江靜輪汽笛高鳴，天色已經大黑，有船員再度驗票，催送行的人離船。如海萬分不捨地上了岸。他在忙亂中已記不清最後是怎樣和她分手，只記得那些和他一樣送船的人互相推擠著走向江邊。

他倒是記得，為了要鄰席的胖太太讓路，不得不說兩句「請多關照」的客氣話。那胖太太說：「怎麼，你這位先生不跟你太太一起走啊？男人哪，真是。」

他迎著夜風佇立江邊，又不知隔了多久，才看到江靜輪緩緩移動的影子，上萬噸的輪船，「載不動，許多愁」。

他一直等到輪船的影子看不見了，岸上送行的人都已散盡。夜色已深，城裡有宵禁，各種交通工具都看不到了。幸虧他熟悉這個城市的大街小巷，挑著沒有檢查關卡的路線走，路上沒有甚麼周折走回學校，忘了疲勞、飢餓、寒冷。

宿舍裡，龍正峰等他回來，「送她上了船吧？」

如海無心回答，和衣倒在床上，胸前浸溼的衣襟涼涼的。他只覺得整個人都被掏空，沒有悲哀，甚至沒有生命的實感，只賸下空無。

5

江靜輪上分手之後，究竟發生了一些甚麼事？

起初幾個星期，他們照常通信。那些日子物價漲得好兇，如海身上僅餘的錢，都買了信封、信紙、郵票。他每天到校門內的信房跑好幾次。信件比往日慢了許多，但仍然是他們心意相通的管道。「我的論文寫好了初稿，粗糙得很，叫我自己打分數，也不該通過。」她在第五封信上這樣說，「可是，我有點兒迷信，我努力作好我該作的一切事情，這世界就會變得合我們的心意。」

在另一封信裡——那是如海收到寒雲從漢口寄出的最後一封信，寒雲說：「你和我的事，父親沒有興趣聽。他的話，我也聽不進。我告訴姆媽，逼急了我，我會作出你們很不願意看到的事。」

那封信結尾處，她寫下斬金截鐵一般的誓言：「天不變，地不變，你心裡一直有我，我的心，我的情，天長地久，永遠不會改變。」

局勢越來越緊急，大學奉命南遷，第一站是杭州，以後也許是廣州、或者重慶。有些人寄望重慶能像抗戰八年那樣，成為暴風雨中的司令臺。

龍正峰決心隨學校行動。這時恰好有位長輩找他幫忙，工作機會在漢口。他問如海願不願去，如海喜出望外，他說這簡直是天賜良緣。

正峰這位長輩，是同族也是同鄉，看著正峰長大。江西人在武漢三鎮打天下的不少，那位龍老先生從事貨運生意，沿江碼頭都有分號。可是，這幾年受戰事影響，生意一落千丈。龍老先生自覺年紀大了，沒有兒女，要找一個可靠的人幫他收拾殘局。這事早就談過，原說是正峰大學畢了業就來，想不到大局變得太快。正峰自己不能來，力薦他最好的朋友余如海，「這個人才幹勝小姪十倍，為人忠誠厚實，絕對可靠。」

如海從杭州走浙贛線，經株州轉往漢口，也幸虧南來北往都是難民，爬上車頂乘免費車倒並不太難。如海一路上發愁的是，萬一那龍老先生搖搖頭，他可就進退無路了。

真正的困難倒不在這兒。當他到達漢口時，先找一份報紙來看，大標題赫然寫著：

鄧司令員說

我們來遲了，

對不起人民！

仔細往下讀，才知道這位鄧司令員是人民解放軍進兵華中的主將鄧子恢。

龍老爺子年輕時是江湖好漢，老來依然是慷慨任俠。他手下原來的一批人馬，有的遠走他鄉，另立山頭。有的也已安排下退路。龍老先生所謂善後工作，主要是收收攤子，該了結的賬目作個清結。他期待龍正峰的是在新舊政權蛻變的過程中，幫他出出主意，他猜想，以前的那一套怕是不靈了。

如海在龍老爺子的照顧之下，暫時得到了棲身之所。他按照寒雲留給他在漢口的通訊地址，一一探訪，絲毫不得要領。「那家人大概搬走快一個月了吧。新地址？我們不知道。這年頭兒，誰有一定的準稿子？」

共軍剛進城頭一兩個月，給老百姓的印象非常之好，公買公賣，絕不動民間的一草一木。遇上寒風苦雨，部隊照樣露宿街頭。市面漸漸活絡，到處有年輕學生們敲鑼打鼓跳秧歌舞，一片昇平氣象。

可是，過了一陣「一切都照常」的日子之後，人們感到緊箍咒緊起來了。跟前朝有關係的黨、政、軍人物，都得報到登記，沒過多久，龍老先生的「運輸公司」就被查封，龍陷沙灘，被扣了起來，罪名是「善霸」。

余如海這時才嚐到了「喪家之犬」的味道。他無法為龍家效力，龍家也無法給他幫忙。

幸而龍老先生出事之前，已經看出來自身處境的不利，囑咐如海早自為計：「你這位少年人辦事頂真，待人有義氣，可惜你我相識恨晚。你既然不打算回北方家鄉，那就不如向南走，而且要走就趁早。」龍老親手送給他一把銀元，也就是他的路費。

往南走，先到廣州，等機會去香港或臺灣。他估計汪寒雲一家可能去了重慶，他雖有她舅父的通訊處，寫好了信不敢寄，怕的是萬一西南不守，信落在別人手中，會為她一家召來不測之禍。

江靜輪載走了寒雲，也切斷了兩個人之間的聯繫。留在如海心頭的，只有似真似幻、剪不斷理還亂的記憶。

6

你聽我說，讓我告訴你，你走下江靜輪以後的事情。有些話，在我心裡已經是千迴百轉，我怕你知道，但又必須告訴你，你是我唯一傾訴的對象。

是的，就如你猜測的，我隨父母到重慶。抗戰期間，父母在那兒住過幾年。可是，重慶和南京、上海、漢口那些地方一樣，有些人要逃出去，有些人等待變天。成年人找不到謀生餬口之道，孩子們無處上學。

由於疲勞、貧困和焦慮，母親不幸病倒不支。她走得很突然，也很平靜。我和弟弟都成了無母的孤兒。我萬分難過，可是，為母親著想，這是不得不如此的解脫。

父親有他自己一套生活方式，年輕時倜儻風流，「贏得青樓薄倖名」，老來還是改不了老脾氣。母親去世未久，他居然結識了一個年紀比他小十多歲的寡婦，據說是四川一個小軍閥的下堂妾。也許他們早先就有來往，母親不在了，父親把她接回家來，我們喊她「沈阿姨」。

雖說街面上已經亂糟糟，沈阿姨依然是臉上塗著白白的粉，嫣紅的胭脂，描著細細長長的眉，給人一種精明刮利的、暴發戶似的印象，也許是冷酷無情。我直覺她和父親有某些相近之處，他們都是亂世中能為自己打開生路的人，犧牲別人在所不惜。

但我要感謝她。她進入到我家，使我得到一個相當好的理由，也幫助我下定了離家出走的決心。父親無心攔阻我，說不定他也希望我遠走高飛，讓他眼不見、心不煩。他早些時一心要和某外交官攀親家的心念，此刻已煙消雲散，那位外交官雖是最早「起義」的知機者之一，不久就仍脫不了被清查舊賬的命運。「新中國」跟歷史上的改朝換代味道不一樣。

我的大弟響應號召，走出家門去參軍，「抗美援朝」之後沒有消息。小弟年紀小，不得不跟著父親過日子。

父親跟沈阿姨果然是露水夫妻，禁不起風吹浪打。父親抱怨：「那女人好吃懶作，貪圖安逸，臨了還捲走了我半輩子積蓄，真沒有天良。」這是他在信上告訴我的。但我知道他沒有多少積蓄，沈阿姨到處宣揚，說汪某人吃光賣光，靠她東拉西扯過日子。到了山窮水盡的地步，不得不各自分飛。他們倆的話也許都有部分的真實性。

我走出家門之後的遭遇，不必細說。大學畢業的資格毫無用處，反正在那樣環境裡，只要能讓我活下去，幹甚麼都無所謂。我曾經當過小商店的店員，大工廠的女工，作過哄孩子的小保姆，不知道怎樣打針的護士，不會燒飯炒菜的廚娘。我幹得比較久、自己覺得還有點兒意義的，是在中學小學裡當老師。當然，到了文革那些年，我和許多名氣響噹噹的大知識分子一樣，在豬圈裡餵過豬，在冰天雪地裡砍過柴，在臭氣薰天的廁所裡掏過糞坑。

一個人求生不容易，我常常會忙得沒有功夫去想你，但我忘不了你。

無論是多麼痛苦、多麼絕望的時候，想起你，想起我們以前相處在一起的情景，就好像一縷陽光，穿透黑暗，溫暖著我的心。

能有時間想你的時候，我就十分虔誠地為你祝福，希望你平平安安，不管你在甚麼地方。

可我又十分十分地恨你怨你，為甚麼在我最最需要你的時候，你總是不在我的身邊？

可我又不能不感激你。譬如在三年大饑荒期間，許多人空著肚子搬石頭、挖水溝，肚裡塞的是草根野菜，兩條腿腫得像水桶。有人就那樣死去，靜悄悄地填死溝壑。我當時雖也是疲弱飢餓，瘦骨支離，但內心中有一股勁讓我能挺住，沒有倒下去。我自己尋思，我能夠撐得住而沒有倒下去，就因為我知道人世間還有一個你。在我想像中，你一定沒有死。只要你還活著，我就不能死。

我常常想到你喜歡引用的那句名言：

人，是有思想的蘆葦，

蘆葦十分之脆弱，

但，思想卻是無比的堅強。

我沒有甚麼思想，我的思想，就是我懷抱著的希望。我相信你還活著，我希望我能再看到你。這股力量使我沒有在風狂雨驟的環境裡摧折。

如海，你一定記得，我們分手之前，你留給我一些小時候的舊照片，和你認識我以後那幾年間的日記和信件，還有你留給我五個可能聯繫的人名和地址。

這些成了我生命中最寶貴的東西，可是，為了明顯的理由，都無法保存。先是燒去了整本整本的日記簿，然後是一頁一頁、長長短短的信——我必須讚美你一次，你寫給我的信是我所讀過的最優美動人的散文，最浪漫熱情的詩篇。你那一手龍飛鳳舞的字跡，是我越看越捨不得的圖畫。可是，我沒有辦法，在那隨時隨地都有人監視，都可以在雞蛋裡挑出骨頭來的年頭兒，我只能狠著心、咬著牙、眼裡淌著淚、心頭滴著血，把那些信撕成碎片，焚成飛灰。

我覺得更對不起你的，是你童年的、和家人在一起的照片，那是你僅有的、經過多次播遷仍保存下來的東西，那裡頭包藏著你的最溫馨的回憶和歷史，你說：「要好好保留給我們的孩子看。」我曾把它們分別用塑膠袋封起來，塞在牆縫裡，埋在地底下，或藏在天花板的間隙裡。可是，有甚麼用？連我自己都沒有一個長久的住處，又怎能保住那些照片的安全。最後終歸是偷偷一燒了事，把殘灰撒在河裡，隨波逐流而去，永遠消失，無影無蹤。

一想到這些，一想到這些東西是你我在精神上殘存的一點聯繫，真有痛不欲生的感覺。我幻想，將來有一天，我們終於又能見了面，我真不知用甚麼話向你說清楚。

你留給我的地址，我分別寫在最隱密的地方，用我自己才懂得的代號和隱語，在舊書的行縫間，小記事本封面的夾層裡，甚至用墨筆寫在我的鞋幫裡。但這樣也仍不能完全避人耳目。

最後，我將一切有形的記號統統抹掉，把那些地址一個字、一個字銘記在心版上，印在腦海裡，留在唇舌之間。每天夜晚睡覺之前，無論人在甚麼地方，都要把那些地址背誦一遍。每天早晨睜開眼，也不管是在農舍、在監牢、或在鄉野的大樹底下，第一件事就是默默誦念那幾個地址，一個字、一個數碼都不容忘記。

漸漸地，我明白，那些地址背得再熟也沒有甚麼意義。北京有你的家，但你不會回去。上海有你哥哥，你大概也不會去。杭州只是暫時落腳，廣州也一樣。最後一個我記得牢牢的，是香港。香港軒德蓀道一千零十三號，是天主教會辦的出版社，社裡有你的朋友。你說過，萬一你能走出大陸，到了香港，你會到那兒去投靠朋友。

那是我誓死不忘的最後一個地址，香港軒德蓀道一千零十三號，馬若望神父轉。

時光流轉，我越來越明白，今生今世再看到你的機會很渺茫，但那個短短的地址就像是茫茫大海裡的一個救生圈，抓住它我未必能活，但它是我僅有的一線希望。

如海，那種心情你可能懂得嗎？

余如海靜坐旁聽，沒有插嘴，也沒有問一句話。有時他緊閉上眼睛，強忍著不讓淚水流下來。

寒雲說的那些經歷，聽起來並不陌生。大陸上那些千奇百怪、不可思議的事，他已經聽得太多。

當他聽到她每天從夜晚到清晨都要背誦香港那個地址時，像有人迎面打了他一拳。那樣的牽腸掛肚，他能理解，但仍有些意外。

他擰了一把熱毛巾，讓她擦去滿臉的淚痕。

「不講了，那些傷心的事。」如海指指窗外，「我們出去透透氣吧。」

屋外山崖上，海風吹來，帶著海腥氣味，頗有涼意。寒雲不由得把上衣領口拉緊些。

「冷嗎？要不要給妳找件衣服加上？」

「不必，」她笑著說，「我喜歡這片海，這陣風，這個味道。以前我從沒有離大海這麼近。」她的短髮吹拂，絲絲如銀。

「說說看。從江靜輪以後，你是怎麼到這地方來的？」

「八個字，說來話長，一言難盡。」

先前通信和電話上交談，如海其實已經把這些年的經歷，粗枝大葉地交待過了。他曾去過漢口，她已經搬走了。得不到準確的消息，他只好去了廣州。龍老先生送給他那一筆銀元救了他的命。

然後，隨著難民潮進入香港。「在舉目無親的東方之珠，我只有相信一句話，天無絕人之路。」如海學著寒雲的口氣說，「我也是甚麼行當都肯幹，只要是能掙一口飯，晚上有一個睡覺的地方。我當過砸石子的小工，天曉得為甚麼修馬路蓋房子需要那麼多碎石頭。我作過營建工人的下手，爬上鷹架好像馬戲團表演。那工頭是我的貴人，他帶我住進調景嶺，有了半間遮風蔽雨的小棚屋。找不到臨時工的機會時，就在街頭給人算命測字，廉價為那些飄泊異鄉的難民們製造一些轉運發財的新希望。記得我留給妳地址的那家出版社吧？我認識的朋友早已離開，可是繼任者知道我的背景以後，就留我替他們作一些文字工作，翻譯文書之類的，這才算是沾上了一點兒讀書人的邊。」

「後來你就去了臺灣？」

「對，我的工作跟教會有關係。主事的一位老神父看我這人能吃苦，肯上進，人也老誠負責，陸陸續續給我介紹了一些知名人士，後來更聯繫到我們大學裡的幾位師長，大家都在香港落難，我很得他們的呵護，使我生活漸漸安定，後來拿到了入臺證，追隨一位老師到臺灣的一家大學當了助教，這才離開香港，回到自己喜歡的圈子。」

一九五〇年代，臺灣的日子很苦。政治上有蔣老總統當家主持，總算站定了腳步，但民生經濟依然捉襟見肘。助教的待遇菲薄，還趕不上在香港打濫仗的收入多。如海說，幸好是年紀輕的單身漢，一個人吃飽一家人不餓。而且看看左右前後，人人過的都是又繁忙、又清苦的生活。公務員、軍人、連大學裡的名師宿儒，人人刻苦自勵，沒有多少怨言。「毋忘在莒」啊，臺灣就是最後的莒，大家心裡都有數。

地方小，人多，經濟沒有起飛，吸引人力的行業有限。所以到處都有「人滿為患」的味道。保住飯碗不容易，昇遷發展機會更渺茫。這種困塞感比薪資微薄更讓人沮喪。所以，出國深造成了風尚。

「靠師長們推薦，大學給我機會，我才得到機會到美國來讀書。」余如海回想當年情景，「我當那幾年助教，任勞任怨，盡職守分，從來沒想過甚麼加薪晉級，更別說出國念書了。可是，我這種只顧耕耘的作風，都看在師長和朋友們的眼中。他們都認為我是一塊料子。」

寒雲笑了，「甚麼叫一塊料子？」

「能下苦力、能唸書。熬了五六年，拿了個博士。」

「多麼了不起，」寒雲衷心讚嘆，「想想以前在學校裡，看到講壇上得了博士學位回國的師長們，心裡好佩服、好羨慕，就像仰起頭來看天上的星星月亮。」

「其實，說穿了沒甚麼了不起。得了博士的人，頭腦糊塗、見識短淺的也有不少。像我這一輩的人來說吧，有很多是不得已，困而學之，好比過河卒子，只有拚命向前。」

「怎麼說？」

「來美國唸書，成績像樣的人都可以拿到獎學金。一年年唸下去，大陸是不想回去的，臺灣不容易發展，那就繼續讀罷。青燈黃卷，少則三五年，多則八九年，博士學位就讀成了。我改了古人的話：文章本天成，笨手偶得之。只要肯下那分笨工夫，許多人就這麼成了博士，包括我自己在內。」

「得了博士大概有一登龍門，身價十倍的感覺吧。」

「美國人的說法是，一張博士文憑，等於是教書的 Union card。」他猜想寒雲大概弄不清楚這一層關係。「工會會員都得有一張會員卡，有博士文憑就方便走上講壇，說得更白一點兒，就是一張飯票罷了。」

「你後來就一直教書？」

「這條路子合我的個性，懶，又無心上進，與世無爭。」

「這話可不像年輕時候的你。你要真是懶，怕也不會走到今天。」寒雲笑著說，「聽說美國的教授們都講究要研究，要有著作，說甚麼不出書、就消失，可是真的？」

「一點兒也不錯。教書教得再認真、賣力氣，趕不上寫一兩本好書，卓識高論，真知灼見，但又談何容易。」

「甚麼意思？」

「我們同行一位華裔教授，教了大半輩子書，算得是一位名牌教授。他寫了一本自傳，要求一定要在他去世以後才可以出版。那書裡講的就是學術圈子裡某些不足為外人道的情況。老一輩少一輩互通聲氣，先後傳承，不免有些人就結成了無形的門派。從有名的學府，到某些有實力的學會、基金會、出版機構，人事網絡往往比其他考慮更有力量。以歷史學為例，美國自一九五〇年代的韓戰以後，對中國歷史的研究著實重視。大師們強調要專要精，這固然不錯，但走過了頭，便成了題目越小越好，材料越多越好，見解則是花樣翻新才容易引起重視。」

「要專，要精，要深，要透，不對嗎？」

「如果不能深切了解整個文化長流的全貌，不能掌握大歷史的複雜背景，那就會有見木不見林的缺失。我對這種過分以專精為名，打一個比方，好像是切香腸，一片一片切下來，切得越薄，恐怕就越不是歷史了。」

「這對你的工作也有影響吧？」

「當然，如果隨著流行往前走，切香腸最省事。否則的話……就像我那位同行一樣，有甚麼意見等死後再說吧。」

說到這兒，兩人都沉默下來。

忽然，寒雲問了一句她一直想問的話：「這多年，你走了很多地方，有沒有親近的女朋友，很好很好的？」

他搖搖頭，長嘆一聲，「我借用元稹那兩句有名的詩罷：『曾經滄海難為水，除卻巫山不是雲。』」

寒雲低下頭，好像沒聽懂他的話，又彷彿是說，我怎麼能相信？

如海湊在她耳邊，悄悄地說：「其實，我覺得這首詩下面那兩句更好。」

「我不記得下面說甚麼？」

「取次花叢懶回顧，半緣修道半緣君。」他背誦著詩句，伸出手來，她的手自然而然被握在他的掌心中。

「可是，後來，」寒雲望著遠處的浮雲，把口氣放得很平靜，「你還是遇上另一段巫山雲了。」她本來告誡自己，不要知道那些細節。然而，她止不住，不光是好奇。她自認是世間唯一有權問這句話的人。隔了這麼多年，他如何安排後半生，都是在情理之中的事。更何況，更何況她自己的生命中也並非只有余如海一個男人。

「外面風大，進屋裡去罷。」如海推開房門，仍然握著她的手。

他先約略告訴過她，他和康寧從認識到結婚的經過，當然是輕描淡寫。現在，要他面對面說個本末始終，反而覺得好難出口，真好像要他承認作錯了甚麼事似的。

忽然，電話鈴響起來。如海接聽電話，寒雲注意到他並沒有躲到另一個房間，反而是提高了聲音，「是啊……很好……沒有……冰箱裡我看過了……妳安排得很好，我們用不著下山。她不會在意。」

他回頭告訴寒雲：「是康寧。她怕我只顧了講話，忘了該是吃飯的時候。說真的，她不在家的時候，我常常會弄到下午三點鐘才吃午飯。」

寒雲笑笑，沒有說甚麼。你以前也是這樣，唸起書來就拚命唸書，吃飯睡覺都忘了。她沒說出來，只是記得。

如海忙著擺餐具，冰箱裡搬出一個水晶玻璃盤，拌好了的蝦仁青菜沙拉，五顏六色勾人食慾。另一盤是上海館子帶回來的白切雞。烤了幾片全麥麵包，電鍋上熱好了熱氣騰騰的蔬菜湯。咖啡壺裡冒著白汽。

「這個方式吃頓午餐，實在不成敬意。我本說是留下馬克，讓他開車下山去好好地吃一頓中國菜，偏偏他又有事。」

「這樣挺好，免得出門耽擱時間。多聊一陣子，說說這些年沒機會說的話，比吃甚麼都更有滋味。」

兩個人在餐桌兩側面面相對，吊燈低低地懸在那兒。

「我這人實在是沒有用，」如海說，「這麼多年來，家裡的大大小小事情，都靠她張羅。她常常笑我是住在這個世界上的外星人。」

「你福氣好，康寧一定特能幹。」

「說不上能幹。她照顧我倒是實心實意的。當初如果不是遇到她——」

那一年，如海在一家小大學裡任教，就是因為「大歷史」的觀點差別，和幾位美國同事相處得不怎麼融洽。幸虧一位已經退休的院長器重他，為了排難解紛，介紹他到西岸一所有名的大學去。不巧在這個當口，他忽然生了一場急病。醫生們一時查不出病因，但認為相當麻煩，必須立即住院。他昏昏沉沉在醫院裡躺著。在那座「大學城」的小鎮裡，他除了房東太太別無親人。開頭有幾位同事和學生來探病，頂多就是送一束鮮花，或一張卡片「祝早康復」。

如海記得，他在病床上清醒過來的時候，第一眼看到的就是一張東方女性的臉，黑黑的短髮，圓圓的面孔帶著笑容，不過神情挺嚴肅的。

「余教授，你的病情不輕，恭喜你，現在已經完全控制住了。」她用英語說，「你要好好與醫生合作，安心休養。」她簡單說明了他的病況，夾帶著許多陌生的醫學名詞。最後她介紹她自己，是醫院裡社會服務部門的副主任，「我叫康寧。」她雖穿著白外衣，如海覺得她跟別的醫生都不太一樣。

他不久就發現，康寧能說不怎麼流暢的國語，有時候透著生硬，「你昨晚睡眠很平安嗎？」有時候還用「汝」代替「你」，她以為「汝喜歡牛肉湯否」是比較客氣的說法。她對他的關切，除了職業性的習慣以外，一大部分原因是「大家都是中國人」，而他偏偏又是這樣一個孤獨無助的中國病人。

出院以後，如海曾禮貌性地請她和別的醫護人員在小鎮上一家蠻考究的飯館裡吃了一頓晚餐，謝謝照護與關心。

後來，是因為醫藥保險上出現一些問題。住院和急診那一大筆費用很驚人，而如海因為處於兩個職務青黃不接之際，手續上有很多枝節。他過去從未生過病，應付這類事情毫無經驗，多虧得到康寧的指點協助，才把那些嚕嚕囌囌的問題擺平。

交往多了，如海漸漸知道，康寧的父母都是華裔，她自己在美國出生，憑學力進入有名的學府，先讀化學系又轉入醫科。她嫁給一個美國音樂家，生了一個女兒。那丈夫眼高手低，總認為自己懷才不遇，滿腹牢騷，比貝多芬的脾氣更大，最後淪為一個潦倒的酒鬼。他們不得不離婚。康寧說：「我看透了男人。離開他，艾莉絲便是我的一切。」

艾莉絲畢竟不是她的一切，生活中還需要別的。康寧後來改變心意，願意再婚，因為余如海是一個「很淵博又很謙虛的書呆子」，「一個常常為別人著想，卻不知道怎樣照顧自己的傻孩子」。

婚後的生活平平靜靜，如海的工作一直很平順，他說是康寧給他帶來的好運。「說來好笑，這麼些年，她一直很努力學作中國菜，學著當一個中國媳婦兒，」如海笑說，「我有時要提醒她：『汝放的醬油太多矣。』不管怎麼說，她那分誠意我領會到了。」

「你們，應該是過得——很恩愛吧。」

「怎麼說呢，從剛認識到後來相熟起來，我對她懷著幾分感激之情。感激她在我那麼孤立無援的時候伸出了一把手。她對我是出於憐惜和關心。她曾稱讚我是一個『沒有別的男人那麼多缺點的男人』。」如海仔細掂量著每一個字，既不能太惹寒雲傷感，也不能對不起康寧，「一面是感激，一面是關心，這一點點情分，結婚大概也就夠了。」

「應該說，你很運氣，」寒雲輕咬著下唇，「她也很幸運。兩個人相視而笑，莫逆於心，人生還能多求甚麼？」

「沒有那麼好，只能說是互相扶持罷。」如海反問她：「也說說妳和那個老張的遭遇罷。」

她在通信和電話上，都曾提到「老張」，她的丈夫。

「你說到感恩，我走到那一步，也可說最主要的原因就是感恩。老張家裡是貧農，他後來學了手藝，是根正苗紅的紅五類。文革那些年，我被東調西派，像浪打浮萍一樣，窮鄉僻壤，沖到哪兒算哪兒。我的出身不好，臭知識分子，被紅衛兵們糾纏得要死，剃陰陽頭，洗廁所，餵豬，動不動就被拉去開鬥爭會。不知何年何月講過幾句氣話，就被他們當把柄，抓住不放。有一回，真是逼得快沒有活路了，老張挺身而出，替我講了不少的好話。可是，後來我才知道，不管他怎樣根正苗紅，還是擋不住要被鬥倒鬥臭。」

「你們後來就結婚了？」

「他比我年紀大幾歲，組織裡頭的門門坎坎懂得多，各種關係和內部矛盾，他也搞得很清楚。紅衛兵裡頭，甚麼這個總部、那個司令部，他也能插得進去。他說：『為了保妳的平安，咱們不如結婚算了。』就是這麼回事。」

「妳說他已經……」

「他已經過世好多年了。別人說他是一條『革命的老黃牛』，我看他就是逆來順受吧。像甚麼三面紅旗，三反五反，到文化大革命那麼多風浪，他心裡知道不對頭，可從來沒發過一句牢騷。一直到臨死，他還對我說，事情總會好起來，別老是翻舊賬。我跟他應名兒是作了十多年夫妻，為了這樣那樣的原因，兩人真正在一起連頭帶尾不到一年。我覺得他從來沒有真正了解我，我也沒有想多去了解他。可是，我知道他真是一個老實忠厚的好人。」

「好人，好人，這些年糟蹋了多少好人！」如海長嘆之後問道：「你們沒有孩子？」

寒雲搖搖頭，沉吟片刻，忽然說：「我現在倒真希望我能為老張生一個孩子。」

9

簡單的午餐已經吃完，如海斟上咖啡，又泡了一壺茶。

「喝咖啡算是入鄉隨俗，」他說，「我平日的習慣是，只要有茶喝，就不想喝咖啡。」

寒雲捧著咖啡杯偎在腮邊，「都好，咖啡好，茶也好。想想喝一口乾淨白水都難得的日子，還敢挑剔嗎？」

「聽說大陸上現在很講究起飲茶文化，有人告訴我，真正的雨前龍井比金子還要珍貴。」

「我也聽說過，不知是真是偽。騷包的人到處都有。在你們美國，不是也有人花幾萬美金標購一瓶法國紅酒嗎？」

如海搬來一籃子水果，「嚐嚐這桃子，剛上市的。」

「這麼大，吃一顆可以當一頓飯。」

如海遞給她一把水果刀，「美國人對農產品的改良倒是下了很大的功夫。可是，改來改去，水果都改得又大又漂亮，味道好像反而不如原來的好。水蜜桃，蘋果，芒果，還有那甚麼火龍珠，都是這樣，光改了個表面風光。」

寒雲自己削了桃子的皮，切了一片給如海，她自己也嚐了一片，「也許再擱幾天，熟透了就更好吃。」她轉變話題：「談到你哥哥如山。記得一九四九年底，我曾寫信給他打聽你的消息，可是他一直沒給我回信。」

「講起我哥哥，真讓人心痛。妳曉得，咱們念大學的辰光，如山在上海，就是搞學運的活躍分子。後來才聽說，他是『地下黨』的頭頭之一。共軍進了城，他在軍管會裡很抓權，著實風光了一陣。後來調到東北。」

「我有一回在廣播裡聽到，北京開甚麼一個大會，出席人裡頭有余如山的名字。」

「我也不清楚。我初到香港時還通過信。他老是催我回去為祖國服務，告訴我『形勢一片大好』的種種情況。後來我去了臺灣，就斷了音訊。我一直以為他一帆風順。像江澤民、吳學謙他們，不也都是地下黨、上海幫出身，後來飛黃騰達、封侯拜相，甚至於當起第一把手來嗎？」

「每個人有不同的命運，沒法子比的。」

「不同的命運，在我看，是由於不同性格造成的，」如海痛心地搖搖頭，「如山那個人，吃虧就在他那犟脾氣，遇到甚麼不合情理的事，他都敢站出來頂著幹。他敢跟國民黨鬥，就也敢跟共產黨鬥。」

「這種脾氣一定吃虧，就像死不認錯的胡風一樣。」

「我到美國之後，陸續聽到各種傳言。有外國同行告訴我，余如山是立過汗馬功勞的；可是，搞地下黨的日夜在白區拚命，為了執行任務，必須跟各種舊勢力打交道，好像周恩來就說過，不滲透到敵人內部去，怎麼能搞破壞與顛覆呢？問題是，從延安窰洞裡下山來的才是正統，才真正掌權。他們跟地下黨出身的幹部時常摩擦，互相敵視，如山可能就在這夾縫中倒了楣了。」

「他人在哪兒?」

「我一直在打聽，都沒有準確的結果。對外開放以來，我也去過幾次大陸。輾轉聽到說，人是已經不在了，死因好像是胃癌，也有人說其實他是自殺。至於是死在北大荒或是在秦城監獄，就弄不清了。」

「我跟他雖不熟，但也覺得他是一個很熱誠的人，大有功之人，怎麼會……」

「起初我也是這麼想，後來看多了，才覺得不是意外。那劉少奇和毛澤東當年像一棵藤上長的瓜，還不是鬥得你死我活。我猜想，如山如果活著，大概會說一聲『早知今日，悔不當初』了吧。」

「你以為他會後悔嗎?」

「妳知道，這幾年寫自傳、寫回憶錄的風氣很盛。像章詒和的《往事並不如煙》和聶紺弩的詩集之類，都能讓人更深一層認識那個年代發生的事情。我讀過一本地下黨人寫的書。解放前奉組織之命，去統戰幾個駐在昆明的美國大兵。不但得到一些情報，而且爭取到那些美國青年反國民黨和對延安的好感。毛澤東到重慶跟老蔣談判的時候，還曾和那幾個美國兵見過面，大大誇獎他們一番。想不到文革一來，地下黨員先前的功勞，變成了『私通美帝』的大罪，整得死去活來。」

「這樣的事情多了。當時只是駭怕，顧不得生氣。」

「那本書的作者最後寫下了他對自己一生遭遇的總結。他說，以前如果有人說他幹共產黨是誤入歧途，他一定會翻臉；現在，若是有人誇獎他為黨犧牲奮鬥，有多麼了不起，他也一定會跟人拚命。」如海靜靜地拭去臉上的淚水，「我猜想，這該也就是我哥哥對他自己這一輩子的講評罷。」

寒雲仰天長嘆：「可惜了，那麼多好人。」

10

「有時候，我覺得歷史是很荒謬的、不可思議的東西。」如海為寒雲換了熱茶。

「你這學歷史的人怎麼也會有這種想法？」

「妳看，中國近代史上，義和團扶清滅洋，鬧得不可開交，那是一九〇〇年的事，很容易記的一個整數。誰能想到只不過是六十幾年之後，又出現了撲天蓋地的文化大革命。義和團那時節，雖然有西太后和一些王公大臣撐腰，也僅僅是為禍京畿和北方幾省。可紅衛兵鬧事遍及全大陸，一反就反了十年。歷史又何嘗給人們帶來有用的教訓！」

「人們都說，那樣的動亂以後永遠不會再有了。」

「妳覺得，有把握嗎？」

「從感情上說，我當然覺得有把握，老百姓再也禁不起那樣的折騰。這幾年，許多有頭有腦的知識分子都主張，整個制度必須徹底改一改。可是，誰能拍板呢？誰敢出頭呢？」寒雲忽然想起，「你以前在臺灣住過，臺灣的辦法拿到大陸上去，行得通嗎？」

「我說不清楚。兩邊的環境差別太大，」如海很仔細地挑選著字眼兒，「而且，我離開臺灣很久了，許多新的情形我不怎麼了解。可是，我體會到有兩點，值得北京的當家掌權的領導們考慮考慮。」

「你怎麼想？」

「第一、臺灣這幾年搞得有些烏煙瘴氣，可是畢竟是朝著『人民當家作主』的方向走。老百姓選舉未必一定就能選出才德兼備的好人，但他們能表達自己的心願，總比由上頭交下來、毫無選擇的辦法要高明些。」

「可是，在大陸上聽到的小道消息都說，上頭對於西方民主那一套，尤其是輪流坐莊，絕不會同意的。」

「妳記得清末西太后老佛爺的話不？甚麼都可以改，但江山社稷是列祖列宗留下來的，這一條絕不能改。但這一條不能改，甚麼維新變法就都談不下去。這個迷團恐怕非打破不可。」

「這一條不容易辦，你說你那第二呢？」

「第二條啊，是我自己苦思悶想。妳大概也知道，臺灣發生過二二八事件，死了成千上百的人。這事件到現在五十多年了，當政的人雖也作了不少調護善後的工作，但，這疙瘩至今沒有完全解開。拿文革來比二二八，範圍大得多，時間長得多，受苦受害的人恐怕要多幾十倍、幾百倍。當局者也許以為拖一年是一年，人們慢慢會忘得乾乾淨淨。我看不那麼簡單。文革受難者死得差不多了，但追求真相的人卻是一代接一代，這個病灶不挖出來是不行的。」

「難哪，我們那邊公開談論這些話的人可並不多。」

「不多，不是沒有。我其實還是相當樂觀的，」如海伸展兩臂，作出一個澎湃洶湧的姿態，「人心所向，就像海潮一樣。我們有幾個搞歷史的同行聚在一起，都覺得中國這些年經濟上的發展勢頭，帶來了新的轉機。中國在歷史的長河中，避過險灘，繞過亂礁，終能找出自己應該走的一條航道。指引這條航道的，不是這一位或那一位偉大的舵手，而是吃過苦、學過乖的億萬人民。」

「你真的這麼相信？」

「我真的相信。」

「可是，無論將來怎麼改、怎麼變，我們這一輩子已經都糟蹋光了。將來變得怎麼好，怎麼光明，我是看不到的了。」寒雲的臉埋在手掌裡，如海看得出來她的肩頭聳動著，傷心飲泣。他走近她身旁，輕輕撫著她的頭髮。他忽然有一陣衝動，想要把她抱在懷裡，好好地安慰她。

這時候，他聽到外面有人開門的聲音。

11

「爹——迪，」艾莉絲拖長了尾音，一直喊進了客廳。「媽咪在電話上囑咐我，一定要早一點兒回來，跟汪阿姨見見面。她還提醒我，別忘了給你們照幾張相，作為久別重逢的紀念。」她和寒雲拉著手，彼此端詳。

寒雲看她一張圓圓的臉，俏麗的眼睛，很像照片裡的康寧。不過，她的皮膚和眼睛的顏色，完全和如海不一樣，但聽到她那麼親切地喊爹迪，寒雲想：「不錯，這就是他想要的一個女兒。」

寒暄了一陣之後，艾莉絲說：「阿姨妳不會相信，我爸他弄這些新玩藝兒總是有些笨手笨腳，電腦、網路，他弄不很靈，連這數位照相機上的自拍裝置，比以前那些老照相機更方便，可是我爸照我們全家三個人在大峽谷的合影，大峽谷倒是照得很全，三個人的臉都照了一半。」

「不要出老爸的醜，妳來照吧。」

「阿姨，妳看在這兒好不好？」艾莉絲說，「這是我爸寫的，別人都誇獎他寫得好，有書法家的功力。」

「不要亂講，我不過是寫寫字消遣消遣，哪裡能說甚麼功力。」

牆上懸掛的小小對聯，其實不是對聯，是杜甫的兩句詩：「永夜角聲悲自語，中天月色好誰看。」

「我愛他這兩句的意思，在可解與不可解之間。」如海自語，眼睛望著寒雲。

「詩是好詩，字自然也是寫得很好。」

艾莉絲剛照了兩張相，有人按門鈴。看看鐘，快四點了，來者果然是馬克。如海為他們介紹了，兩個年輕人很快就聊到了一起。原來艾莉絲很關心汶川大地震的事。「前些時，有一個團體到我們學校來，放映一些紀錄片，介紹地震當時和重建的情形。我們看了都很感動。有幾個同事約定了要一塊兒到四川去看看，也許我們可以為那些兒童們作點兒事情。」

「如果方便的話，」寒雲說，「我希望妳能到成都來看看我。」

「我在這邊的工作計畫也就快要告一段落了。我回去要先到北京，」汪中原說，「但汶川災區那邊我肯定是要去的。請妳跟我保持聯繫好嗎？」

趁著兩個年輕人討論著災區重建和預防地震那些話題時，寒雲指指窗外，「讓我再去看看海景吧。」

兩個人站在陽臺上，面對著遠處的夕陽和滔滔白浪，各有滿腔的話，不知從何說起。離情別緒，無限依依，但也有一種說不出的豁然開朗的感覺，好像償還了一筆積欠很久的債。許多話還沒有說，但彷彿是彼此了然，用不著再說出來。

「以後我們可要多多保持聯繫。」兩個人都這樣說。「也許還會有機會我來看你。」兩個人也都說過。但心裡都明白，下一次，機會大概不多了。

「你以前——」寒雲忽然想到一個問題，「你現在還進教堂嗎？」

「怎麼會想到這個？」如海記得多年之前他倆都是無可無不可的無神論。

「知道嗎？我本來不信甚麼神，後來那些經歷，使我完全不能相信還有神的存在。宇宙間若真有任何一位神祇，就不應該容許壞人那樣張狂，讓好人受那麼多的罪。」

如海懂得她的感受，沒有答話。

「可是，如海，現在我承認，上帝恐怕還是有的。如果不是因為信、望、愛，不是冥冥之中有上帝指引，我就不可能在這兒看到你。」

如海沒有甚麼反應，「看那海水藍得多可愛。」白浪緩緩地湧向岸邊，一層層白色的泡沫翻滾。天空的雲層散去，可是，斜陽夕照也不再那麼亮麗璀燦。

「住在眾山圍繞的四川，看不到這樣的景象，真是美。」寒雲感慨，「尤其是在這『夕陽無限好』的時刻。正因為黃昏近了，讓人格外覺得美。」

他還想再留她，然而，也明白那是枉然。她明天就要回去，她下午必須趕回旅館，許多事情纏在手上。

艾莉絲和汪中原走在前頭。如海攜著寒雲的手，一路走來，送她上車。

「原諒我，不能到機場送妳。」

「不必了，而且我們是一個團體，亂哄哄的，你去了也講不了甚麼話。」她好像對待一般朋友的口氣，可是，她心裡想的是幾十年前長江上的江靜輪。那樣分別的經驗，不能再來一遍了。

他們望著艾莉絲和汪中原走下山坡，似乎談得很投機，難道只是談地震、談汶川？似乎不像。

「我剛才跟馬克商量過，我會到機場來，代表我爹迪和媽咪給您送行，我一會兒就可把剛照的照片印出來，放大，當面送到您手裡，免得寄去麻煩，又耽誤時間。」艾莉絲說。

「那就先謝謝妳了。」寒雲揮揮手，上了車。隨即把車窗搖下來，「如海，謝謝你讓我度過在美國這最後一個下午。還有，替我向康寧致意，我以後——」

他站在門前，隔著樹影兒，看得到閃閃爍爍的光影。「夕陽無限好，真是說得不錯。」他想，下面那一句就不必說了。

不論有多少好或是不好，我們都已走近黃昏，黃昏之後，黑夜，黎明，但那是另一天了。我不一定看得到明天之後的明天，所以，他默默地思索，這樣的夕陽，果然是好，無限的好，無限的依戀。

二〇〇九年四月
在臺灣鄉居

向前看的人

手扶著犁杖向後看的人
不能進上帝之國
〈路加福音〉九章六十二節

1

真是想不到，王燕生對著浴室裡水氣濛濛的那面鏡子喃喃自語，想不到我也竟會這個樣子回去。十年以前，五年以前，甚至就是一年之前，他作夢也沒有夢到這樣的一種——結局。

「未老莫還鄉，還鄉須斷腸。」我算不算是老了？

自從過了農曆春節之後，他拿定了主意的那個時候開始，這句話便時時盤旋在心頭上。老了，不能說不老。到臺灣來的那一年，二十歲剛出頭，天不怕，地不怕，滿肚子都是「故國三千里，輕生一劍知」的壯志豪情。誰想到這一定下來就是四十年，從三十八到七十八，四十個年頭啊，要是念博士學位都足夠念它十個八個的。四十年來折磨，三千里外家國。家在哪裡？國在哪裡？

而現在，他卻要回大陸探親去了，心裡頭透著有點兒窩囊——並不只是「近鄉情怯」。聽朋友說，多少多少萬人都去過了。不少你一個人在這復興基地上唱「正氣歌」。人人都有「親」，難道你就是日精月華照射、石頭縫子裡跳出來的齊天大聖美猴王？

他用毛巾拂去了鏡中的氤氳水氣，鬢邊的星星白髮看得更清楚了。

有點兒意外的是，鏡裡反映著窗外街景。

燕生住的是位於三層樓上的公寓房子，搬進來一轉眼十多年了。街心有一排木棉樹，正好對著臨街的窗口。

燕生以前沒有注意過這面鏡子會照到街頭的木棉樹，也從來沒想到三四月間正是木棉開花的季節。

木棉花，黃黃的，遠看又有一脈不甚分明的殷紅，厚厚敦敦，不是怎麼燦爛繽紛，但有一種說不出來的味道，在極其平凡之中，別有幾分惹眼，讓人也想看個究竟。

大概是那一股端端正正的拙氣吧，厚重的花瓣，綿長的花蕊，一朵是一朵，跟世人皆無往來。

臺灣四季並不分明，燕生對於「多識草木蟲魚之名」這樣的學問，向來不曾用心過。偶然會注意到木棉花，也只是因為它就在窗外，就在眼前。

於是也就彷彿有一分特別的感情。

燕生記得以前聽人說過，這木棉樹是英雄木，「無論插在甚麼地方都能活的。」

就算是一種莫名其妙的英雄崇拜吧。或者可說是一種極其隱晦的自戀意識。

「想想看，丹美，」他正經八百地告訴他的妻，「無論插在甚麼地方都能活得下去，就跟妳和我一樣。」

丹美在收拾房間，沒有答腔，她聽慣了他那些又像意思深遠、又似信口胡云的話頭。她從來沒有正眼看過木棉樹，她還是贊成「杜鵑、榕樹、臺北城」。

2

燕生多年來養成的習慣，想到甚麼就去查，就去對照著實物看個明白。

書上說，木棉是屬於木棉科，木棉屬。廢話！

樹的高度是二十五公尺，他沒覺得它有那麼高。廿五公尺？差不多是三層樓的樣子。對，從他們的窗口望下去，好像就在伸手可及的地方。

枝椏上是手掌一般的複葉，長長細細的葉柄。一支葉柄上生出五、七枚小葉兒，瘦而長，橢圓形的，淡淡的綠。

那木棉花，生在樹葉腋下，是葉子沒有長滿時便先開了花，淡金般的黃，橙黃，漸漸濃起來的橘紅，然後是厚敦敦的、像蠟質一樣的紅色，說不清是外緣還是內側，就如西班牙舞蹈女郎那樣，重重疊疊的裙子，忽然一抬腿，一扭腰，讓人說不準究竟是黃的還是紅的。

從樓頭眺望，常常會使他疑惑自己的眼睛。那一朵朵厚實的、甚至是帶著一臉蠢相的木棉花，到底是甚麼顏色，是黃的？紅的？或者說不定在風吹日曬之後，還會變成了別的顏色？

他曾抄下來元稹的詩句——元稹不就是「待月西廂下」的男主角，和白樂天齊名的詩人嗎？他有這樣的句子：「大布垢塵須火浣，木棉溫軟當棉衣。」木棉花結實之後，有纖長的棉毛。唐朝時候的詩家已經想到要把它作冬衣了。

然而現在是只能觀賞，不必想得那麼俗、那麼「務實」。

燕生也記得，木棉花的學名，叫甚麼Bombax malabarica DC。但這也幾乎只是為了「觀賞」；對他來說，一個空洞的象徵符號，沒有甚麼別的意義，他只記得，那便是窗外的木棉花，很近，也很遠。插在哪兒都能活？也不知是真的假的。

3

雖然說「大陸探親」已經沸沸揚揚好一陣子，真正接觸到這個題目，是打從黃原那兒談起來。

報社要派幾個年輕的記者到北平、上海去採訪，黃原是被總編輯看中的人選之一。在大學裡，萁生開編輯採訪那些課程時，深知黃原是個很用功的學生。後來報社裡考選新人，萁生是試務委員之一。黃原在電話上說，要和那兩位年輕同事一齊來看看他，大概有「夫子何以教我」的意思。萁生就請他們在一家北方風味的小館子小聚，無非是糟溜魚片、軟兜帶粉、燒餅醬肉之類家常菜。他只是想聽聽他們的想法和計畫。

「王先生，您是報社的老人，又是黃原的老師。聽說北平是您的家鄉——」那個留著短髮、穿牛仔布夾克，虎虎有生氣的女孩子先提出了一連串的問題。

「我已經退休了好幾年，不上編輯檯子，許多事情都脫節了。幹咱們這個行當，講究曲不離口，拳不離手。一擱下來，不免生分。新聞工作釘是釘，鉚是鉚，光談理論，難免隔靴搔癢。」這些話是他這一兩年來的口頭禪。倒不光是作推託的藉口。「至於說北平嘛，我離開了四十年，記得當年的那些情形，對你們恐怕不會有甚麼用處吧。」

可是，那一頓晚飯還是吃了兩個多鐘頭，他講了比平日多得多的話。北平的街道，北平的宮苑，北平的四時節令，北平的人情味，和一些特殊的習慣風俗。南方人受不了的豆汁和奶酪，遇春節時，海王村廠甸賣的大串糖葫蘆，元宵時的花燈，「我走遍全中國，沒見過那麼好的。」

有人問到北平的相聲，「跟李立群他們說的有甚麼不同？」

燕生瞇瞎著眼睛回想。「那一年，西單商場燒大火，把樓面燒了個精光。就在那地頭上，擺出了相聲場子，侯寶林那時才剛剛出道。當時說相聲名藝員裡，最當紅的是小蘑菇，加上二蘑菇、三蘑菇那三兄弟，還有他們的爸爸常連安，尤其是小蘑菇，沙啞個嗓子，句句話都有哏。後來打韓戰的時候，共產黨把他弄到北韓去慰勞志願軍，被美國飛機丟炸彈給炸死了——聽說是這麼回事。」

「那侯寶林現在成了大師級人物了。」黃原說。

「那時候，他只能排在前幾場，因為還不算是名家。他人瘦瘦的，頭皮剃得精光，像一枚青澀澀的番茄——北平人稱之為西紅柿。倒梢眉，三角眼，一條好嗓子，他小時候學過平劇，唱工是有根柢的，所以後來紅起來並不簡單。說相聲不僅是說學逗唱，還得有一種深入市井人心的才情，跟侯寶林比起來，李立群他們恐怕還是太學院派了一點兒吧。」

陳穀子，爛芝麻，說這些有甚麼用？「隔年的皇曆，還能作準兒嗎？」何況不只是隔年，而是隔了四十年，更何況是這樣天翻地覆、波瀾迭起的四十年。

無論他講甚麼，那二男一女的三個年輕人，都聽得很有興趣的樣子，也許就是為了敬老尊賢的禮貌，也許是出於新聞記者職業上的一種本能，多聽一點兒總沒有壞處。就算是老閒篇兒，七零八碎的，說不定將來會有用處。

「不知道北平的小館子裡，能不能喝到這樣的酸辣烏魚子湯？」王燕生嘆息著說，「味道好像還可以，再添一點兒吧。」

他覺得有些慚愧，但這是無可如何的事。燕生自己明白——在這個當口，他才突然發現，他的知識，他的經驗，他的感情，和他對那座古城的記憶與懷戀，其實都已「落伍」了不止四十年。

那兒是他魂牽夢縈、血肉相連的城市。

那兒也是他最陌生、最疏遠、最無法理解的地方。

那天晚上回家以後，本想早早睡了；上得床去翻來覆去就是睡不著。想著北平的大街小巷，古木昏鴉，想著住在北平的老老少少，經歷了這麼多年的風霜雨雪，想不出他們現在都成了甚麼樣子。

好像是兩個截然不同的世界，那中間阻隔了的，不止是臺灣海峽，不止是萬里關山，而是比大海和高山更加不可越渡的，無可理解的東西。

4

深夜，萁生躺在床上，窗外有璀璨的街燈，偶爾有夜行的摩托車耀武揚威飛馳而去，留下刺耳的呼嘯聲，就像騎車的少年郎那樣旁若無人。睡不著的時候，毫無來由地跟自己生氣。

想著這麼多年來許許多多、大大小小的事情。有些事在當時是驚天動地的大新聞；但，過了一陣子之後，好像也都沒有甚麼了不起。記得那年歷盡千辛萬苦，好不容易逃到了臺灣，工作不容易找，房子更不容易找，每天栖栖惶惶不知道怎麼辦是好。可是，應了那樣一句話，「天無絕人之路」；和許多青年朋友一樣，萁生如今沒想到「走過從前」的那些點點滴滴竟使他覺得有幾分僥幸，幾分自豪。

他是民國卅八年夏天到臺灣的；新臺幣剛剛發行不久，只覺得錢好值錢，不再像在南京和廣州那樣，吃一套燒餅油條要花上百萬的老法幣。十月間金門打了一仗，報上說是「大捷」，俘虜了共產黨好幾千人。不容易，因為過去的一兩年，聽到看到的，從東北到華南，都是「兵敗如山倒」。

轉過年來，老先生復行視事，好歹總算有了當家人。那年六月間，韓戰打起來了。空氣裡瀰漫著火藥氣味，未必真的是火藥，而是那種氣氛。人人心頭上都掛著一場「戰爭」，還沒有打完，而且絕不可以打輸的戰爭。「退此一步，便無死所」。

但，那些風雲雷火的大變化，卻已變成歷史中泛黃的舊報紙上的陳跡。影影綽綽，模模糊糊，就留下一個輪廓。很遙遠了。也許是因為人們寧願永不回顧那一段艱難歲月。反而是某些瑣瑣碎碎、片片斷斷的小事情，忽然會一下子在眼前跳躍，閃閃發光，記得那麼清楚，那麼讓人心痛。

那時，日子過得真苦，兩個人都得做事，他和他的妻，兩個人的薪水勉強只能顧到溫飽，領了薪水第一件事是買小孩子吃的奶粉，除了盼望孩子快快長大，沒有甚麼別的更好的、值得期望的事情。

有一回，一個甚麼大機關寄來一份調查表，林林總總，列有幾十個項目，填寫起來比寫篇自傳還要嚕嗦。

其中有一項，是問到個人的「未來志願」。

在這樣的大環境之下，個人的未來志願算得了甚麼？誰又能說得準？要緊的是國家先得有「未來」才行。

燕生記得很清楚，他當時寫的是：「我只想做一個隨軍記者，像恩尼・派爾那樣的工作。」

恩尼・派爾是第二次大戰期間一個美國記者，他寫過無數的戰地通訊，從南歐到東亞，從空中堡壘、航空母艦、到野戰部隊的壕溝。派爾寫的都是前線士兵的征戰之苦。在艱險萬狀之時，呈現了平凡的人們也有視死如歸的勇氣與豪情。

當蕪生在大學讀新聞系的時候，也正是恩尼・派爾的作品在西方世界幾百家報紙同時出現，聲名鼎盛的時候。「新聞英語」的陳老師曾把那些通訊選作參考教材，有些精彩的段落，蕪生幾乎還可以背得下來。

「那些大戰略、大兵團的調動，是元帥和將軍們的戰爭。描寫士兵們如何在鋼盔裡洗襪子，則是恩尼・派爾的戰爭。」

說來這不能算是甚麼太高太遠的夢想。

蕪生從中學生時期就喜歡寫作，進了新聞系當然更離不開寫作。在他寫作慾望最旺盛、寫作活動最積極的時候，他內心中已經有了這樣的覺識。他要寫小說，要透過小說創作來表達生命的意義。在他心目中，中國的《紅樓夢》，外國的《安娜・卡列尼娜》，都是文章極品。他自己估計，今生今世，要寫到像曹雪芹和托爾斯泰那樣，很難很難——那是「不可企及」的標準。但是，像恩尼・派爾這一流的，不僅可以相提並論，而且，蕪生自認為有勝過他的機會。

因為，中國人的苦難，中國人的屈辱，中國人的憤怒和求生存、爭勝利的心腸，像恩尼・派爾他們那些西方人，怎麼能夠完全懂得？

有人說，中國有最善良、最勤勞的老百姓，有最服從、最勇敢的士兵。然而，近百年來的中國人，無論是平民或士兵，經歷的都是屈辱、失敗；幾乎從來沒有揚眉吐氣的時候。

中國人內心中的鬱怒，是恩尼·派爾他們那些人無從理解的。

可是，這麼多年來，燕生在新聞界，記者、編輯、主任、特派員、主筆、總編輯，沿著一座無形的階梯爬著，該做的，能做的，想得出來的名堂，他幾乎樣樣都幹過了；一個專業的新聞記者該受的那些磨鍊，只要有機會，他沒有推辭過任何一樣。

說來遺憾，他沒有輪到的機會，就是像恩尼·派爾那樣，在槍林彈雨中出沒，在戰爭的火光之下寫出第一手的生死搏鬥的報導。

可見要把恩尼·派爾比下去，並不容易。

歐洲戰場上的戰鬥結束之後，恩尼·派爾奉命東來，參加了硫磺島登陸戰——正如他描寫的諾曼地敵前登陸時，許多聯軍士兵的遭遇一樣，「他們只看了一眼海灘上的縱橫陣地，就此壯烈犧牲」。

燕生從來沒見過派爾本人，甚至也記不得雜誌上刊出他的照片是肥是瘦。燕生偶爾讀讀派爾的遺作，閉目冥思，在那砲火橫飛，殘陽如血的背景下，死亡，一個戰地記者的死亡，究竟是怎樣的面目？

他覺得萬分的寂寞。又好像小時候跟小朋友們打架，傷了牙床，口中有一種鹹鹹腥腥的鮮血味道。

當年，他最嚮往的工作便是隨軍記者，戰地採訪；那一類的作品，無分中外，他讀得最仔細。但是，他最接近戰場的時候，也不過是八二三砲戰，他趕到金門前線的時候，戰爭已經進入尾聲……

不管經歷了多少驚心動魄的大事，處理過多少盤根錯節的頭條新聞，但沒有長期在戰壕裡看月亮，聽夜梟悲鳴，然後追奔逐北，還我河山；也沒有像恩尼・派爾不攜帶任何武器，在敵前登陸，然後那樣轟然一聲、萬緣俱滅的死亡。

「追往事，嘆今吾，春風不染白髭鬚。」辛稼軒感慨，何嘗不是他王燕生的感慨？英雄老去，壯志消磨，就在這樣寂寞無助之中，兩鬢飛霜。

這是另一種無聲的死亡。沒有悲壯，沒有沉哀。

現在，就在今夜，他竟莫來由地動了還鄉的念頭。年輕人可以去，我怎麼不能去？還有甚麼理由不去？反正現在大家都「無所謂」了。

許多陳年的記憶，在眼前浮動，好像看斷爛的、發了霉的舊影片，斑斑點點，朦朦朧朧，又有些滑稽的快動作。關得太久，忘得太久，像有人在暗夜裡輕輕叩門。

他大睜著眼睛，茫茫然望著臥床對面那堵牆壁；雖然看不見，但他知道那兒掛著一幅老畫，一個朋友送給他的水彩畫。秋天，黃昏，一排駱駝背負著夕陽緩步走去，一串串銅鈴，發出了清越的響聲，在他的想像裡，漸行漸遠。這一邊，落照餘暉之下，是北平古老的城垣，百年千年不改的倦怠、蒼茫。

「喂，我要回家去看看，看看多年沒見到的親人。」冷冷的初春之夜，他的聲音顯得格外清楚：

「妳說好不好？」

他問他身旁的妻。

沒有回答，他猜想她已經睡熟了。他知道，終日料理這個家，柴米油鹽，樣樣操心，實在很辛苦——她比他這一家之主辛苦得多，他都知道、都懂得。

他伸手去輕輕撫摸著她的頭髮。她似乎睡得很沉，沒有任何動靜。

5

陳丹美其實很清醒，雖然閉著眼睛，心裡一清二楚。結婚這麼多年，撫生的一舉一動、心心念念，她甚麼都想得到。今天晚上——其實不只是今天晚上，他心裡「懸」著有事情，她早就感覺到了。

但是，破口直說，毫無掩飾，也不需說明理由，剛才這句話，是她第一次聽到，不能說不是意外。

多年來，家裡大大小小的事，向來都是她拿主意。她的朋友都說她命好，難得這樣一個丈夫，樣樣聽她安排，從來沒有甚麼挑挑剔剔、疙里疙瘩。她盡心盡力把家務事處理得井井有條，日子不管怎麼清苦，大體上都還稱心遂意。燕生偶爾會對些老朋友們說：「若是沒有她，我真不知道……」

他說的是真心話。

可是，丹美更明白，她嫁的這個男人是有「性格」的人。表面上隨隨和和，無可無不可；待人處世，和光同塵；年紀大起來，越發顯得圓融豁達，與世無爭。世俗功名利祿，一向都看得很開。他喜歡引用蘇東坡說過的那句話：「世間無一個不好的人。」

所以，他們總是過得心平氣和。

然而，在某些事情上——也許在旁人看來根本無關緊要的事情上，他忽然會有了獨特的看法。他一旦想定了，拿準了主意，那就再也不容改變。

兩個人偶或為了甚麼事情有所爭執，丹美有一回憤憤地說：「你啊，你就是一頭又笨、又蠢、又固執的老牛。」

燕生只是笑笑，「牛有甚麼不好？」

講到這兒，丹美就不禁想到了好多好多年以前的笑話。是她的妹妹丹琳告訴她的。

「姊，妳知道不？她們給妳起了一個好缺德的綽號。」

那是在抗戰最後一年的河南鄉下。她們都是流亡學生。

河南老鄉們對於這些不知從甚麼地方忽然湧來的學生們，有個很土氣、也很親切而別致的稱呼。

男學生叫「學生小子」。

女學生叫「學生妮子」。

他們過去從來沒有看見過這麼多的學生，可是，他們知道，自古至今，小小子和小妮子永遠和天地萬物一般長久——到處都有。

「是那些學生妮子們出花樣嗎？她們又在背後編排我甚麼？」

「她們說，妳是一朵人見人愛的牽牛花。」

在那戰火籠罩之下，天天吃「槓子饃」的歲月裡，白天蹲在廟臺上聽老師講三角和大代數，晚上在老樹底下唱唱「我的家，在東北松花江上」，或者聚在桐油燈的幽幽的光影裡，埋頭寫著流水賬一般的日記——為的使生活顯得不那樣呆板平凡。這樣的日子實在沒有甚麼特殊的情趣可言。

年輕人的活力，在意想不到的地方迸放奔流。同學們之間的笑謔，大部分並不帶著甚麼惡意，像庭院中的路草閒花，處處滋長。

「為甚麼叫牽牛花？可是因為嫌我起得早？」

丹琳搖搖頭。「因為，她們說，」她抿著薄薄的嘴唇，忍住笑，「王熊生是一頭彆彆扭扭的大笨牛。他甚麼人的話都不聽，只有妳可以讓他乖乖地聽話，所以，妳就是那朵美麗的牽——牛——花。」

「這些人怎麼會這樣無聊。」丹美記得當時的反應是這樣的，輕輕淡淡的，有點兒生氣，但也有點兒得意。她們說得有幾分道理吧。

當年那群學生妮子，早已風流雲散，連她們的姓名和面貌，也都模模糊糊了。但是，那一段學生生涯，仍然不時湧現心頭。像這「牽牛花」的笑話，就傳揚了好幾年。

共過患難的老同學們，幾乎都失去了聯繫。抗戰勝利之後，回家的回家，升學的升學，當然後來結婚成家，生兒育女，說不清「花落誰家」，各自天涯。

王熊生是眾人眼中的一頭牛，從年輕的時候就是如此。

幾十年來，大概也還是如此。但，沒有人管她叫牽牛花了。

說她是牽牛花，牽著老牛、要牠到哪兒就去哪兒的一朵花？她知道她並不是。這只是外人的「皮相之論」。

事情焉有那樣簡單？

不錯，從表面上看起來，許多事情，他都會聽她的，俯首帖耳，乖得很。可是，也有些事情，只要王燕生犯了他的牛脾氣，誰說也不行，尤其是她。

「這件事妳最好少出主意。」他會這樣說。

也有的時候，他會沉著臉說：「妳怎麼連這麼簡單的道理都不明白？」

遇到這種時候，丹美只有保持緘默。這麼多年下來，她太懂得那句老話：「你能把牛牽到河邊，可是你沒法子按著頭叫牠喝水。」他不肯做的事，「牽牛花」也沒有用。

她記得小時候聽母親常常自嘆：「這是我的命。」

牛的脾氣，人的命運，互相連鎖著——女人，不論是老式的或新式的，總不免想到「認命」這個自寬自慰的話。

譬如像大陸探親這一類的話題，在他們家裡，過去從來都不能提。

在臺灣這麼些年，他們當然有些朋友、同事，乃至晚一輩的學生、部屬，工作一陣子，後來到國外深造，大多數是去了美國。有的學成歸國，大都是教書；有的則落地生根，也不外乎還是教書。有些多住幾年，下點兒苦功夫，便成了頗負時譽的人物。自從大陸門禁放鬆，到季辛吉鬧肚子痛以後，旅美華人陸陸續續去過大陸的人不少，其中有些甚至成了海峽兩岸「飛來飛去」的名流。有些長袖善舞之徒，頭天晚上被臺北的大人物們歡宴；第二天到了北平，跟那邊的「第一把手」共進晚餐。

即使是本來還談得來的老朋友，一旦到了這一步，就成了王府上的「拒絕往來戶」。王蕪生知道，這就是常常被丹美嘮叨著的「不可理喻的牛脾氣」。其實，早在那甚麼「三不政策」被提出之前多少年，王蕪生就擺出了他一個人的政策，簡簡單單一個字：「不」。

「想想咱們當初是怎麼到臺灣來的；想想咱們是為甚麼到臺灣來的。咱們就是得爭這口氣。不管怎麼說，絕不能向共產黨低頭。跟共產黨拉拉手？門兒都沒有。」

萬流歸宗一句話，中國人在共產黨手底下，哪還會有甚麼好日子過？想清楚這一點，怎麼能到大陸上去看共產黨的「眼色」？

有那麼多慘絕人寰的事，有那麼多被冤枉、被胡整亂整得死去活來的人，大陸上的荒唐事真到了「罄竹難書」的地步。王蕪生想不通為甚麼有人那樣健忘，難道真是所謂「放下巴掌忘了痛」？

共產黨把中國老百姓折騰得還不夠痛嗎？

單單是「文革」那所謂十年災難、一場浩劫，應該就很「夠」了。那樣的大環境，回去幹甚麼？

六七年前頭，經歷過的一件事，使他印象尤其深刻。

6

那年燕生因公出國，到歐洲幾個國家走走，最後一站是英國。以前他沒去過，安排著多逗留幾天。

他的一位堂叔在英國北部愛丁堡大學教書，是他在海外的唯一長輩。所以他抽空趕到愛丁堡去拜見，他們已經多年沒有見過面了。

叔姪相會，自有一番契闊敘話。可是老叔叔滿臉落寞，他要問又不敢多問。

大學裡的中國朋友私下告訴燕生：「你來得正好，老先生這一陣子鬧家務，我們都講不上話。你遠道而來，可以從旁調解調解。」

五叔早年在英國留學，回國以後教過多年的書。一九四九年大陸發生大變化，他就再度到了英國，有青年師友招呼，憑著自身的學力，在學校裡安頓下來。老倆口子生活過得很平靜，也很蕭索。半生棲遲海外，如今年近八旬，去日苦多了。

所謂鬧家務，其實也很簡單。五嬸想要回老家去看女兒——他們夫婦唯一的一個孩子。當年是因為太小，又鬧毛病，就留在外婆身邊，沒想到這一分別就是幾十年。大陸上鬧「文革」之後，內外稍有聯繫，這才得到了信訊。

王靜秋沒機會念甚麼書，幸而如此，在湖南鄉下過著最平凡的農婦生活。雖然也有各式各樣、一波又一波的衝擊，這樣那樣的運動；但是像公審、鬥爭之類，倒還沒有輪到她的頭上。就是多年來沒得吃、沒得穿，連帶著受些驚嚇，疾病纏身，像大陸上大多數老百姓一樣，驚弓之鳥，劫後餘生，能活下來已經算是萬幸了。

五嬸在確知女兒的下落之後，一直想先回去看看她；如果能有甚麼辦法，再把她接出來。

可是，五叔就是不答應。他認為這「成甚麼話」！

為了這件事，弄得老夫婦幾個星期互不交談。學校裡中國人圈子裡都知道了。

那天晚上，五叔和五嬸，請燕生吃一頓中國飯算是接風，小館子居然有模有樣，還喝到了臺灣來的花雕。

撫生沉吟著，不知道如何為兩位老人家從中疏解，他弄不清楚在這樣的「糾紛」之中，自己究竟應該站在哪一邊來發言。

說到後來，五嬸老淚縱橫，「撫生，你講一句公道話。我這麼一個孤老太婆，回家鄉去看看女兒，可有甚麼了不起的？我已經是七十歲的人了，誰知道過了今年還有沒有明年？」

五叔說的則是另外一番道理。「只要是共產黨在一天，咱們就一天不要回去。老家老業，早就被他們折騰光了，妳回去又能怎麼樣？妳這時候千里迢迢趕回去，豈不正好是給他們的『三通四流』添一些新材料？犯得著嗎？」五叔說話的時候，臉是對著撫生，嘴裡的每一個字都是講給老伴兒聽的。他那稀疏的長白眉毛，一抖一抖，顯見他內心有多麼激動。

「算了罷，誰有你那麼硬氣？」五嬸伸出右手，指指點點的，「光是這小小的愛丁堡，回大陸看親人的，就我知道的，前前後後總有一二十家子了。你也不過是個教書的，又不是做官為宦，甚麼委員和代表，有那麼多的忌諱？」

五叔冷笑著說：「我自是我，讀書為的就是明理。如果是非不分，忠奸不辨，天下要讀書人幹甚麼？別的人可以翻雲覆雨、朝三暮四，咱們幸而能脫身在外，到老來再去蹚渾水，豈不是太糊塗了嗎？」

撫生已記不起自己當時說了些甚麼話。他覺得兩位老人家似乎都有道理。他勸五嬸先別心急，多打聽打聽再說。勸五叔也要想開一些，既然——

後來，他回到臺灣，從通信中知道，五嬸還是去了大陸，見到了女兒。靜秋的光景果然很慘，一言難盡。五嬸沒有再提把女兒接到愛丁堡的話。

正如世間許多讓人為難的事情一樣，過去也就過去了。五叔也並沒有真的「妳一定要去，咱們先辦離婚」，究竟是大半輩子的老夫老妻了。

萠生後來把這件事告訴丹美。他說這是他在自己親人之間第一遭碰上這樣進退兩難、怎麼說都不合適的問題。

丹美當時曾經像說笑話一樣地試探他：「如果是我要到大陸上去看親人，你答應不答應？」

萠生沒有作正面的答覆，只說：「知夫莫若妻。妳不會不明白我的想法。」他又說：「而且我們並不是像五嬸那樣有個女兒留在那邊。」一句話就封了門。

那時節，大陸探親還是偷偷摸摸、上不得檯盤的事，這兩年，一切都過了明路，而且似乎是滿時髦的事。丹美雖然也曾動過那個念頭，可從來沒有當一回事拿出來認真和萠生商量過。她在等待將來會有一個說出來就不至於被駁回的好機會。

現在，這頭頑固倔強的老牛，居然自己會說他要回家去看看親人！

丹美想起了別人背後談論燕生的說法，「別看他硬得像塊花岡岩，其實他還是很重感情的人。」

現在是別的都沒有甚麼，只剩下一點點懷鄉念舊的感情了。

第二天，丹美和學校裡幾位要好的同事們聊聊，翻了一陣子報紙廣告，撥了幾個電話，便有了大致的輪廓。有幾家旅行社正在辦理登記。四月、五月間都有，一趟行程往返二十來天，跑遍南北十來個城市。從香港轉道入境，有飛機去來，一路上住的都是甚麼幾顆星的旅館。

這邊要辦出境證，那邊要辦「臺胞證」，香港過境也要辦一些手續。雖然瑣碎，倒也不算怎麼麻煩。

費用是一個人新臺幣五萬六千元，比到歐洲美國去觀光要便宜多多。

丹美把這些打聽來的消息，簡明扼要一條條列出來，寫在燕生書桌的案頭記事簿上。

她平日就有蒐集資料的習慣。手頭有些剪報，甚麼幾大件，幾小件，怎麼換外匯券，應該預備甚麼樣的小禮物送人，以至於回到大陸怎麼樣請客吃飯等等，長長短短一大堆，都夾在一個文卷夾子裡，讓他自己看。

文卷夾子裡還擺著一本小小的郵政儲金的簿子，戶頭裡有一點點錢，數目不大，但足夠他去跑這麼二十幾天了。去還是不去？老牛自己打主意吧。

一輩子就是這個樣子，偶爾他一時興起，想到了要這樣那樣，接下來就都成了她的事。細微末節的如何如何，全要她一一想到，妥為料理，她總是這樣任勞任怨，「甚麼牽牛花？我才真是嫁牛隨牛，伺候他一輩子。」

有些很實際的知識，丹美覺得應該採行的；譬如說，行囊裡不要忘了塞進大把的竹筷子，隨用隨丟的那一種。還要帶兩個保特瓶，準備著沿途可以裝涼開水——去過的人都說，大陸上的飲食設施相當馬虎，搞不好就會染上肝炎。小心一點兒總不為過。

像這些小事情，丹美知道，他從來不會去想的。

她為他料理這些事，不僅是一種習慣，一種責任，也可以說是一種與時俱進的成就感。上了年紀的丈夫，有時候倒像一個未成年的、任性而需要細心呵護的孩子。

她有些憂慮和不安，倒不是為了她不能陪他去。這些年來，燕生走南闖北，出門旅行的經驗並不少，但是，這一回卻和往常都不一樣。

中國大陸不是外國，是他們從前出生長大的地方，然而，睽隔了這麼久，樣樣事情都似乎變得不可想像、不可理解。大陸，其實是比外國更外國，比異鄉更異鄉的遙遠地方。

這一去，丹美無法想像會發生甚麼樣的情況，會遇到甚麼樣的困難。燕生，他能夠承受得起嗎？

他倆究竟還有幾個親人在海峽的那一邊呢？

她想得起來，而又確實知道下落的，只有——

陳丹琳，她的妹妹。

7

丹琳接到丹美的第一封信時，是陰寒的二月天。在北平，那是凍得死人的季節。

那封信使她感到了說不出來的、幾乎是喜出望外的溫暖。

其實，應該說那是丹美給她的「第一封回信」，在隔絕了大半輩子之後，忽然間從迷離的夢境中得到了回響。

前些時，有海外的人到北平來開一個甚麼會，行篋中帶著一本過了期的舊雜誌，香港出版的。那人跟丹琳雖然不認識，但因在會場上交談過幾次，丹琳對那本雜誌閒閒地瞟了幾眼，流露出有點兒興趣的神情，那人就說：「您覺得有意思，就留著翻翻吧，反正我都看過了。」那人笑瞇瞇的，連他姓甚麼都不記得；丹琳只是挺寶貝這本以前沒有見過的舊雜誌，從外邊來的東西。

因為，雜誌裡邊有一篇散文，寫的是對北平這座古城的懷念。文章不長，淡淡的，說不出有甚麼很特別的地方。作者署名是王蒸生。

王蒸生這名字太普通，可是，丹琳一眼看去，就看得出這是姊夫的手筆；而且，儘管分隔了這麼多年，生死茫茫，音信斷絕，但那文章裡呈露出來的某些感觸，某些情意，她還是覺得很「通」，很「近」。

或許是一時衝動，或許是那一陣子上上下下瀰漫著的「開放」氣氛——有人就叫它「臺灣熱」吧，使得丹琳鼓起勇氣、急急地寫了一封信，內容簡簡單單、平平穩穩，主要就是要求證，「貴刊某月某日某期，發表的大文，作者是否就是我所認識的王蒸生先生？」

信雖然寫給雜誌社，後來便從香港轉到臺北。

發信之前，她問過胡之遙。

「何必多這個麻煩？」這是之遙的第一個反應。年輕的時候，他本是最喜歡熱鬧、最喜歡朋友的人；可是，在這大半生中經歷了那麼多風波之後，他認為一切人和人的交往接觸，沒有別的，到後來都是麻煩。

明哲保身之道，就是步步小心，不找麻煩。

「試試看有甚麼大關係？」丹琳把那個「大」字提高了一個調門。「若碰巧是同名同姓，或者對不上號兒，也不過是枉費了一張信紙，一張郵票。」

之遙沒有再說甚麼。丹琳很懂得他的心情——這年頭兒，多一事不如少一事，還是穩當一點兒的好。

他們的經驗已經太豐富。這麼些年來，「海外關係」是一行大罪，搞不好會落得個家破人亡。當然，家破人亡的理由或罪狀可以有許多種；更糟糕的是，有時候根本不需要甚麼正當的理由或具體罪狀。

「海外關係」，暗含著就有「裡通外國」的味道；尤其是跟臺灣，那還得了！那不但是人人聞而色變，而且稍微沾上一點兒邊，就會破門滅頂，再沒有更靈的了。

現在，都說是「開放」了，要緩和了，要「愛國一家」了，不要那麼血刺呼喇，亂搞一通了；可是，誰知道明天、後天、下個月、明年，又是甚麼氣候呢？

連普通老百姓都曉得黨裡頭「引蛇出洞」那一套的厲害，何況是胡之遙和陳丹琳這樣做過多年幹部的人？

他們兩個人雖說是走過同樣的道路，嚐過同樣的酸辛，性格上的某些差別仍然顯現出不同的反應。

胡之遙自認為是身經百鍊，到了「爐火純青」的境界，一切橫逆之來，不但都能逆來順受，而且真正做到「萬事皆不動心」，眼看著當年多少出生入死的前輩，得意時叱吒風雲，不可一世；一旦垮了臺，被人鬥得團團轉，連一條夾著尾巴的狗都不如。在地下學運系統裡，劉少奇、彭真下面，從黃華之流再往下數，胡之遙也是一個角色。想當年，從重慶到上海，到處都能興風作浪，在青年群中頗有一些號召力，讓國民黨那些當官的頭痛萬分。

可是，共產黨坐了天下，少說話，多磕頭吧。

丹琳呢，她也懂這一套。不過，跟之遙比起來，她畢竟是在「第二線上」。她對於某些事情還沒有完全斷念死心，還有「何妨試一試」的勇氣。

下一步呢？她說她管不了那麼許多——她遭遇過不止一次「沒有下一步」的絕境。怕到極處，反就沒有甚麼再好怕的。

「反正不過就是這麼一回事情。我有個姊姊在臺灣，那姊夫有點兒反動派。人家早就一清二楚。」

「妳這會子倒說得輕鬆，忘記了那回人家怎樣對付我們的。」胡之遙一張同字臉，印堂暗暗，講起話來微皺著眉頭，從來沒有甚麼喜怒哀樂的表情。

那是一九六七，還是六八年？一轉眼二十多年了。「史無前例的無產階級文化大革命」，破四舊，立四新，起初還好像是「有所為」，到後來簡直就甚麼道理也沒有了。像胡之遙是中央部會裡的高幹，而且是科技工程方面的奇才。幾十年南北奔波、刀頭舔血一般的地下黨工，到頭來被那些十幾二十來歲的紅小將們衝上門來。

黑屋子裡，吊起來打，皮帶的銅頭打到肉上，立時就是一塊青，一塊紫；換換手打得興起時，一皮帶抽到眼角上，鮮血淋漓而下，馬上皮開肉綻，血跡模糊。

但那還算是挺「文化」的待遇了。有多少他們的戰友、同志，為黨立過汗馬功勞的人，後來都過不了關，屈辱地死去——自殺，或者被殺，沒有任何理由。越有名氣的死得越慘。

「妳居然有興致去尋親訪友，咱們受的這些麻煩難道還不夠？大難臨頭的時候，誰顧得了咱們？」這樣的話，之遙很少出口。他不忍。因為，他知道，當他被紅衛兵吊起來毒打的時候，也就是陳丹琳被剃了「陰陽頭」、脖子上掛著老大的紙牌子，去打掃廁所裡凍成冰稜的糞坑的時候。

「我也只是打聽一下，有一搭沒一搭的事。」她撇撇嘴，像年輕時候那樣子，「你就當作不知道好了。」

她心裡其實未嘗沒有幾分嘀咕，但是，似乎有一種比害怕更強的力量在暗中聳動，使她把那封信投進了郵筒。

這中間隔了不止一個月。

回信來了，也是單單薄薄一張紙，稀稀落落幾個大字。典型的「平安家書」。信上說的，大家都好。大人好，孩子也好。生活平安，無災無病，但也沒有甚麼具體的、抓撓得著的描敘。彷彿他們並不曾分隔了四十年，又好像這四十年只是雲山霧沼下的一片空茫，甚麼事都沒有發生過一樣。

那樣的小心翼翼，那樣的平平淡淡——刻意的平淡，近乎矜持冷漠，怎麼樣也無法聯想到丹美那個人的口吻和心情。在丹琳的記憶之中，姊姊永遠是親切溫婉，說任何話都會想到對方反應的人。

那真是一封可以「公諸天下」、讓任何會挑剔的人去檢查也挑不出甚麼毛病來的平安家書。

「喂，姊姊說，王萁生可能要回來看看我們呢，說不定就是今年春天。」丹琳把信上的話大聲朗誦了一遍。

「那條牛，他也要來嗎?」之遙慢吞吞地說，「他現在——在那邊幹甚麼?」

「信上都沒提，你自己看嘛。」丹琳把信遞給仰面朝天、半臥在舊籐椅上的之遙手裡。

他懶懶地把信接過來，倒是挺仔細地從頭到尾看了一遍，明知道那上頭說的也不過就是這麼幾句話。

那薄薄的信紙平攤在胸口上，他兩眼望著屋頂。空空洞洞的茫然。

他想起了和王燕生年輕時為了講一個甚麼道理，一個跟他們自身沒有直接關係的、莊嚴偉大的大題目，彼此爭得面紅耳赤的樣子，也想到丹美坐在一旁、低眉斂目的神情。凡是有甚麼不開心的事情、或者遇到甚麼疑難之事不知道該怎麼辦的時候，丹美就是那樣的神情。

那神情，那影子，都還像昨天一樣。

但是，我們大家可都完全不一樣了吧？大概是。以前常有人說，「時間的長河」。之遙此刻感覺到的，彷彿是佇立在長河之畔，河水潺潺，一去不返，兩岸的光景和人物，像沉睡在重重煙霧之中，看不出變，也看不出不變。不變是不可能的，他想。變成了甚麼樣子呢？

由「從前」到「現在」的這一段長長的過程，也許就是期待著與故人重逢的最強烈的動機吧。

到那時，我們就可以互相傾訴：

我們就是這樣過了大半輩子……

8

胡之遙是東北人，父親曾是東北軍裡的醫官，母親是大地主家的女兒。本來在瀋陽過得好好的。九一八事變以後，一家人逃進了山海關，隨著大流就到了北平。不能算是難胞或義民，不能說得那麼淒慘，但事實上比難民也好不了多少。

胡大夫進不了大醫院，更找不到有力的奧援能把他安插到軍政機關裡頭去。他採取了很實際的辦法，在地安門大街租了兩間小房，掛牌開了個小小的診所，用的是「留日名醫」、「帝大博士」的頭銜。

中年潦倒，有志難伸，胡大夫越來越消沉。不知道是因為酗酒還是有別的毛病，一拿起手術刀來就發抖，那診所自然也就難得有甚麼人上門。

胡大夫是靠了一些舊關係，經營藥品器材，仗著他懂日本話，小本生意，近乎說合拉縴似的，介紹一些生意抽幾個佣金，一家人勉強維持溫飽。就像他對妻兒說的，「船頭上載太陽，懂不懂？這叫渡日而已。」

胡之遙有個小妹妹，五歲那年害猩紅熱夭折了。之遙是名副其實的獨子，「別瞧我這個小模樣兒不起眼，咱可是千頃地，一棵苗，在咱們東北老家——」

東北老家，有老少好幾輩的一大家子人，一大片產業，「高粱地一眼望不到邊。」之遙自己沒有甚麼印象，他都是聽父母說的，東北地方大，「一眼望不到邊」，想必不會錯；蒼蒼茫茫，特別讓人懷念。

他長得傻大黑粗，壯壯實實。念到高中二年級那一年，唇邊已經鑽出了淺淺的短髭。說起話來悶悶的，像夏天傍晚暴雨之前的悶雷。

他念的是北平市立第四中學，學校在西什庫，好大好大，「很不含糊的呀，我們四中。」之遙在學校裡，書是念得不怎麼樣，而且中間耽誤過兩年。在老師們的眼裡，這個學生不怎麼有才華，說不上前程遠大的那一型。但是，他偶爾發起憤來，也很能好好地拚一陣。他不至於落伍掉隊，但也很難拔尖兒。

「咱這回事兒，真好比王小二過年，年年難過年年過；天底下沒有過不去的奈何橋。」他就這樣念到了高中三，有驚無險，爬過了被「當掉」的邊緣，不怕混不到那張文憑。

在同學的圈子裡，胡之遙另有他一套「威望」。只要是不需要碰課本、不需要進實驗室的，他有好幾樣本領足以服人。

出名的是他籃球打得好，校隊裡的靈魂人物，一百七十幾公分的高眺身材，長臂猿似的鉤射，多引人注目。北平城裡有上百家中學，數得上的籃球隊，育英的，輔仁的，匯文的，志成的，師大附中的，這二年都鬥不過老四中，「四中那個胡之遙，挺扎手！」大家都這麼說。

他挺愛演戲，新的舊的全部來。演得不算出色，可是他肯用心去鑽究。買不起一塊多錢一張的門票去聽金少山，只得跟同學們家裡有留聲機、有唱片的，當個「留」學生。他最愛學的是「盜御馬」，大盜竇爾墩黃夜獨行那一段二簧散板：「望不見、那御馬圈、它今在何方。」辣辣的，有個沖勁兒。

演話劇的時候，學生劇團的朋友們都說，「原野」裡仇虎那一角，非得胡之遙不行。他的國語講不太好，甕聲甕氣，總像是不大通暢。可是，他有那麼一股子霸氣和橫勁兒。無論是竇爾墩或仇虎，胡之遙表現出來與眾不同的，就是那股原始的、粗獷質樸的男子漢的氣概。

像一頭無法馴服的猛獸，躍動不已，因為他有過人的精力，且更由於他內心深處隱伏著某種不安。

學校的壁報上，稱讚他是「多方面的天才」。還有人俏皮地形容他，是全北平城裡十七歲少女們心目中的「英雄」。

的確，暗暗喜歡他的女孩子，為數不少。可是，也只說說而已。那年頭，男中女中分校，男女同學的交往機會很少——當然也不是絕對沒有。胡之遙的不利之處，正因為他太出名。

他是先認識了王蕪生，才認識陳家姊妹。

他們曾經是那樣親近的朋友，也許是比任何親人都更來得親密的人。可是，他們後來卻相隔如此長久，如此遙遠。

他們生活在兩個截然不同，不能互通聲氣的世界裡。

漫長的歲月，至於在分手的那一段日子，他們曾是「勢不兩立」的敵對者。

最好的朋友，變成了最不能容忍的敵人。

而現在，似乎是該恩怨兩忘的時候。

不為別的，只為我們都已年老。

年齡的增長，即使不能使人變得更聰明，至少應可使我們不再那樣偏執，不再那樣愚蠢。

9

王燕生是在北平出生的外路人，他的名字表明了這一點：生於燕京。把這個孩子的出生地看得這樣鄭重其事，正是因為他們這一家是從南方遷來、已經落戶兩三代了。

他的祖父做了半輩子的京官，政局千變萬化，換了許多名堂。父親繼承著那個「學而優則仕」的傳統，做一個與世浮沉的小公務員。鄉下有幾畝舊田，但那只是為了讓他高吟「田園將蕪兮，胡不歸」的時候，覺得的確有一個退身的「餘地」，其實那些田地的出產已經不足以「仰事俯蓄」，而且為了流落京華深自感傷的這一代，根本也不可能回頭去春耕夏耘、秋收冬藏。後農業社會的士大夫，謳歌或者懷戀田園生活的時候，都只是作作紙面文章——一種自己不肯對自己承認的、雖未必惡意卻是十分庸俗的虛偽。

王燕生自小在城市中長大。城市裡中下階層平平淡淡、偶爾捉襟見肘一般窘狀的日子，他是很熟悉的。他從來沒有經驗過農家生活。

「中國以農立國，數千年來，以農為本。」老師們都是這樣說的。不懂得農村是怎麼一回事情，使他暗暗覺得可羞。

在四中，他比胡之遙低了兩班。照那年頭兒的規矩，尤其是在老四中，低一班簡直就像矮了一輩兒。高年生要教訓教訓低年生，比婆婆挑剔兒媳婦更平常。

可是，王燕生雖是從別的學校考進來的高一新生，從來都沒有被人欺負過。因為他底子「硬」。

王燕生書念得好，數學、物理、化學，這所謂的「三大拿」，樣樣拿得起來。而且寫得一手好散文，一筆好字。在教員休息室裡，教過高一甲的幾位老師異口同聲地說：「今年這班學生，就屬著王燕生這孩子，既有天分，又肯用功，將來大有出息。」

同學們不光是要抄他的三角習題，還偶爾要半央求、半強迫地拉住他當鎗手，去給各種

「表妹」寫情書，寫一封信的「潤資」，是校門口小黃餛飩攤子上一碗餛飩麵。如果附情詩一首，那還得「另議」；通常是再加一個雞翅膀或者滷蛋。

王蒸生中等身材，勻稱，而且結實。他喜歡運動，尤其是器械操和打籃球。四中校隊正選十二個球員，高三級五個，高二級六個；高一各班三四百人，只選上一個，就是打右鋒的王蒸生。

胡之遙跟王蒸生，是籃球場上打出來的交情。

之遙是指揮全局、勇冠三軍的主將，蒸生常常只是開賽之前一塊兒跑跑籃，然後就在場邊坐板凳，披著大毛巾觀戰。他從不多言多語，甚至是「喜怒從不形於色」，而是心裡自有主張。跟這些高班同學在一起，他也沒有「受寵若驚」或存心討好的樣子。

之遙冷眼旁觀，覺得這個小老弟「可交」，而且對於「教頭」徐中忱的眼光，在高一級幾百人裡選出這一個來，十分服帖。

徐老師不光是一個中學體育教師，而且是當時華北籃壇五虎上將之一，最好的鐵衛。因為他有那分兒威望，像四中校隊這一群小夥子，再怎麼驕兵悍將，到了徐老師手下，也都成了乖乖牌。

四中教學嚴格是出了名的。操行和學業成績如果不在甲等，要想入選代表學校的校隊就不可能。徐老師的一個口號是：「我要最好的學生，最好的球隊，不是湊一個馬戲班子。」

他訓練球隊與眾不同。他不是挑幾個打得好的明星球員，多贏幾場就算了事。他重視體能培訓和基本動作，一舉手，一投足，都得有個規矩。他尤其重視團隊紀律、合作精神。「一個人再強也就是一個人，我要你們在場上的，五個人要像一個人一樣。」

五個人得像一個人一樣。

這是一句十分具體的話，要打贏一場球，當其他的條件都「定」了之後，決勝關鍵就是要團結，要「如臂使指，渾然一體」。特別是對手很強悍，比數已經顯然落後了一大截，沒有機會趕得上去的時候。

在課程表上固定的每週三堂「體育」課之外，校隊練球是一天也不停的。有時有隊友要請假，天太冷，傷風感冒，或者下禮拜一就有要命的考試，徐老師「統統不准」。練球就練球，他說，難道中國人就這樣孬種？怕這怕那，連打個籃球都打不好，怎麼不該受「別人」欺負？

他咬牙切齒講到了「別人」，大家都明白他說的是誰。有的學生背地裡叫他「大帥」，說他實在很「北洋軍閥」。

但他也有很體貼溫厚的一面。對於學生們的要求儘管嚴格，甚至近於挑剔，可是只要他認為他們確已盡到了全力，他就會很滿意。「不以成敗論英雄。」他這樣嘆息，天底下哪有永遠不吃敗仗的道理？

也就為了這個，他特別看重胡之遙和王燕生這兩個青年人。他們都有一股說不出來的「嘎」勁，不光是剛強堅韌，而是那種不管怎麼樣也不服輸的性格。

「你別說，人家日本人可就是行，」徐中忱有時候對他們說，「肯拚哪。拿定了主意，要幹甚麼就幹甚麼，而且不像咱們中國人這樣五分鐘熱度。」

徐中忱說話略帶口吃，又是江南口音，自己也說是「南蠻鴃舌之人」；所以不像別的師長那樣喜歡長篇大論的開講。他總是要言不繁的「電報體」，但是，他吩咐的話不可以打折扣。校隊出場打球，勝負固然和校譽有關，要緊的是要打出個「格調」來。照徐老師的說法，將士用命，貫徹全程，輸球不可洩氣，贏了更不可有驕態，「要讓人家看得出來，老四中的學生就是不——不、不一樣。」

球員像一個家庭裡的兄弟，或者一個部隊裡的士兵。他們有一種榮辱與共的感覺。不同班級的球員，只有在下午練球或出賽的時候，才會聚在一起。即使是數九寒天，手指頭伸出來都快凍僵，他們還是會跑得通身熱汗，頭頂冒著白氣。

除了練球，他們彼此之間儘量避免談到別的。

可是，當時的大環境，不由得青年人不談一些別的。珍珠港事件已經鬧過去，日本皇軍不再那麼囂張；倒是在報紙上、廣播裡，偶爾會出現點點滴滴、一掠而過的「皇軍玉碎」的消息。想必都是在很遙遠的、跟北平城老百姓沒有甚麼關係的地方。

在以北平為中心的華北地區，日本人正在搞「第四次治安強化運動」，明的暗的，抓了不少人，據說被抓的都是抗日的「重慶分子」。

淪陷區的老百姓，尤其是安土重遷的北平人，說不清重慶在哪裡，但是，反抗日本鬼子，反抗漢奸奴才，大家都覺得是天經地義。

日本人糟蹋中國人、欺負中國人的事，天天都可以看到。

「你們知道不知道？」胡之遙站在球場邊自來水龍頭前，一面沖洗，一面問隊友們：「小蘑菇給抓起來了。」

「小蘑菇？西單商場那個說相聲的？」

「對，就是他。」小蘑菇是當時最紅的相聲演員。

這種人為甚麼也會被抓？

胡之遙說：「那小子說的很來勁兒——

「『第一次治安強化運動』，洋白麵五塊六一袋兒。

「接著來個第二次，麵粉漲到了九塊三，這日子不大好對付。

「那麼第三次呢？漲得不多，翻了一翻，十八塊五了。按月關餉跟天天混嚼穀兒的小戶人家，反正早就是吃雜和麵，這一來，更甭想吃頓炸醬麵了。」

胡之遙學著那說相聲的兩個人，一個捧，一個逗；現在輪到「捧」的那一角兒講話：

「眼面前兒是『第四次』了，您還能吃炸醬麵不？」

「這回可好了，這『第四次強化』可真太好了。綠桃牌的洋白麵只要兩塊錢一袋了。」

「怎麼那麼便宜啊？」

「老兄，是牙粉袋兒呀……」

綠桃牌麵粉，是市面上最好的牌子，一袋二十二斤，日軍每發動一次「治安強化運動」，實際上就是「清鄉」，也就無異藉題目去搜刮農村裡的財物糧食。結果是，每經一場運動，物價就暴漲一次。「牙粉袋兒」極言其小，巧妙地諷刺了糧價騰躍的事實，惹得觀眾哄堂大笑。

小蘑菇的急智詼諧，滿足了小市民的期待，反諷之中帶著批判和抗議精神。

就為了這一點點卑微的抗議，小蘑菇被帶進了日本憲兵隊，罪名當然是「破壞治安」。

胡之遙把這段經過當笑話一樣講出來，眾人的反應，也是譁笑與嘆息並起。

「到了這種地步，反正怎麼說都不好。」王蒸生冷冷地甩下這麼一句話。

眾人逐漸散去，之遙和蒸生走在後面，之遙把手搭在蒸生背上，「你說咱們該怎麼辦？」

「我不知道，」他搖搖頭。「人為刀俎，我為魚肉。小東洋要抓誰就抓誰。咱們學校的老師，還不是要抓就抓，何況說相聲的演員？」

之遙悶聲不語，只把手指關節捏得格格發響。

「我們應該離開這個憋死人的地方。」之遙說。

「你是說——」燕生把右手抬得高高的，作了一個高飛遠走的姿勢。

「對！到裡邊去，」之遙說，「我只想去當兵。」

燕生皺了皺眉頭，四下打量著，看看附近有沒有別的人會聽到。然後，壓低了聲音說：「這種話不要亂講。」又說，「你說走，你心裡可有個準稿子嗎？」

之遙搖搖頭，「反正有那麼多人都走了。拿定主意要走，還怕走不成嗎？」

「你有沒有聽過一個海淀王先生？」

之遙聽到這話，不由得一楞。這老弟不簡單哪，他心裡想。海淀是北平西郊外的地名，燕京大學就設在那兒。這「海淀王先生」的名號他也聽到過，據說是重慶派來的地下代表，神出鬼沒，日本人對他很頭痛。

「你認識他？」之遙問。

燕生搖搖頭，他想要說甚麼，話到唇邊又忍住了。他不肯說沒有甚麼把握的話。

「我是聽徐老師提過一次，有人說那位王先生一身好武功，神得很，也不知是真是假？」

「真的假的，要見得了面才算數。」燕生說，他用力握住之遙的手，「如果認真要走，我們應該先找到王先生才好。」

之遙沒再說甚麼，心裡暗暗佩服，這個年紀比他小、身量比他矮的王燕生，倒是「穩」得可以，有頭腦，有一套想法……

空想是沒有用的。燕生想，要作任何事情都得有步驟，有計畫，一步步走向前去。要到大後方去，當然不是說一句話就走得了的。千山萬水的事情，總得仔細籌劃好了才行。他很高興能跟胡之遙挑明了談這件事情。這才真叫作「披肝瀝膽」的哥兒們，可以共患難、同生死的朋友。

他們兩個都覺得踏實多了。在那樣的歲月裡，單單是能夠找到可以彼此坦誠相見的朋友，共同享有一段祕密，就是令人興奮而且溫暖的事。

10

「海淀王先生」是一個神祕萬分的傳奇人物。關於這個人物的種種，在北平的學生圈子裡流傳甚廣，口耳相傳。可是，真正見過他的人似乎很少。沒有人知道他是否住在西郊的海淀，也說不準他是否真的姓王。

有人說，他是重慶派來的總代表，直接聽命於最高當局。有人說他武功高強，行蹤飄忽，不但是像《水滸傳》裡神行太保戴宗，有日行八百里的奇能，而且飛簷走壁，身輕如燕，金鐘罩、鐵布衫，刀槍不人，水火不侵。

有人說他是當代最傑出的間諜，懂得各種現代技術，從架設祕密電臺到在沒有光線的黑屋子裡攝取機密情報。擅用各種稀奇古怪的武器，鎗打得奇準，甚至一把水果刀到了他的手裡，可以變成「百尺之內，取人性命」、百發百中的利器。

他當然精通化裝術，又熟悉好多種外國語文。為了加強後面這一點，更傳說他有至少三個愛人、情婦、或小老婆，「一個柏林來的女運動員，一個羅馬來的歌唱家，一個是道道地地東京姑娘，好像是日本小皇上的遠親。」

所有這些傳說，並不全是百無聊賴的謠諑，而反映出在敵人壓迫之下民心的渴望。他們寄望於那樣一個半神半人般的人物，作為「復仇天使」。

海淀王先生確有其人，但他並不是那樣神祕，他是在危險的環境裡，從事一種保存國家元氣的工作——幫助淪陷區裡的青年人們到後方去升學就業，為抗戰奉獻一分力量，至少可以達成他們「不做亡國奴」的心願。

海淀王先生辦路條、贈路費，安排一站一站的接應。男女學生靠了他的指引，有的渡黃河，到洛陽；有的過商丘，進界首；然後殊途同歸，陸續轉往西安、重慶、成都、乃至昆明那些遙遠的地方。

不幸的是，王燕生他們費盡心機，始終打聽不出王先生的蹤跡。過了好多年之後，他們才知道，王先生當時已被敵人識破行藏，關在黑牢裡。

當燕生和之遙暗相商量，想不出好辦法的時候，他們唯一能夠信服而去請教的人，便是徐中忱老師。

可是，徐老師的反應似乎很審慎，很冷淡。「這種事情，不可以在外頭亂講。」

放寒假之前的一個週末，徐老師叫他們來吃晚飯；在那糧食配給越來越嚴的年頭裡，是很難得的事。他們到了徐家，才發現並沒有別的人。

徐家住在西什庫裡曲曲折折的小胡同裡，中忱和老母住在一列三間西廂房，房東一家人住在北屋正房，聽說老陳家跟老太太都是江南的同鄉，哪省哪縣的？沒問清楚過。

「老師，要不要我們幫幫忙？」胡之遙站在小廚房門口問。

「你會幫甚麼忙？等著多吃兩碗打滷麵吧。」徐中忱鐵塔般的身材，當門一站，越顯得那間拼拼鬥鬥、搭起來的小廚房，擠擠巴巴轉不過身來。

「是不是奶奶今天過生日？」王燕生問——他們原來都喊「太師母」，老太太說：「哪兒來的那麼些個酸氣！」後來，學生們裡頭也不知是誰起的頭兒，「奶奶」、「奶奶」的就叫慣了。

老太太喜歡這些大孩子們在她眼前晃來晃去。更喜歡他們這樣熱熱烘烘地叫奶奶——因為她那獨生子連結婚的念頭好像都沒有。

「你們去擺桌子，」老太太揮揮手，彷彿是趕開一群小狗，免得礙手礙腳。又對著爐子那邊說：「水開了就可以下麵了，我看得下兩鍋。」

燕生和之遙這才看到，黑洞洞的小廚房裡還有一個人，瘦瘦的留著長髮的女孩子。水淨臉兒，穿的好像也是學生制服——但跟平常北平街頭看到的很不一樣。因為電力不足，光光的電燈泡無精打采地灑下一片昏黃。倒是青菜帶著水分丟下熱油鍋時，嗞拉拉那一陣火光，照得她的臉，亮麗嫣紅，讓年輕人突然有一種《聊齋》故事裡鬼魅般的驚豔的感覺。

那天，是他們第一次見到陳丹美。

過了許久之後，他倆私下交換意見，有一個共同的印象，他們覺得文文靜靜、不言不笑的丹美，比他們要「大」得多。

說不出來甚麼地方不對勁，她就是有那麼一分大氣，其實，說起來她比他們兩個都小了兩三歲。

11

那頓飯開始有點亂糟糟，因為中間那堂屋其實只是個過道，桌子椅子臨時七拼八湊，擺到一塊兒的。桌子上原來擺的花瓶、暖水瓶、茶杯，還有一座五燈收音機，只好暫時挪挪窩。飯桌上一大碗滷汁，論內容也不過是勾了汁的肉片湯，有幾片金針木耳黃花菜，才顯得不那麼淒涼。麵條煮得似乎太爛——也許是擔心不夠吃，多煮一會兒「出數」。麵碼兒只有帶著鬍鬚的掐菜。至於小黃瓜、水紅蘿蔔絲、毛豆、蛋皮——都只聽老太太說說，彷彿是在「懷思古之幽情」。市場上買得到的洞子貨，但那價錢比肉還要狠。老太太的意思，吃打滷麵而不是炸醬麵，說來說去還是為了省錢——肉也實在難買。

老陳家是江南大族，官宦人家，然後定居在北平，天子腳下，優游歲月。等到革命了，老輩的聲光隨之沒落，後人是漂沉在大城中的知識分子。丹美的父母都是北大出身的讀書人。家裡有老底子，幾房兄弟都有挺好的事由兒。直到蘆溝橋砲響，日本軍隊進了城，丹美的父親賦閒了好一陣子。後來才在一家私人銀行裡找到個小差事，勉強餬口。陳太太帶著兩個女兒回了南邊。江南老家還有些田產。原以為還可以像老年頭那樣靠田租度日，可是鄉下也不平靜，這才搬到上海去。一面好安排孩子們上學，一面也是看看還有甚麼別的辦法。陳太太想把北平的老房子賣掉。可是陳先生不捨得離開北平。再說先人留下的產業是好幾房共有的，一時說要賣，也不是那麼容易。

沒想到陳太太一場心臟病過世。兩個女兒自然都到北平來跟父親同住。她們剛來不久，徐老太太約了她們來吃飯，「說不上甚麼接風洗塵，總是看到妳們回來，我心裡說不出來的喜歡。」又說：「想不到的就是妳娘，怎麼會說走就走了。」

「丹琳怎麼還不回來？」中忱有意打岔，這話其實剛剛問過了。

「我爸叫她去看以前家裡的老奶媽，住在海淀那邊。多年不見，話就多了。不要等她。」丹美說。

兩個年輕的開始不免有些手足無措，平常跟女孩子打交道的機會不多，一下子坐在一張桌子上，不知道究竟該講講話好呢，還是埋頭努力吃打滷麵好。之遙看看燕生，彼此靦顏一笑，之遙還把左肘輕輕撞著燕生的胸側，為甚麼要這樣？他自己也說不明白。

沒有甚麼特別的意思。

但也彷彿意味深長——那樣簡單而混亂的一餐飯。

因為，過了很多年，他們都記得那打滷麵的滋味非比尋常，終身難忘。

他們都有那樣的印象，那印象也許不只是那一晚上留下來的——丹美跟徐老師很「配」。特別是老太太對她講話時的那種口氣，親切而又倚賴的，反正是跟對別的晚輩不同的神情。

一直到他們都吃完了，捧著麵碗「原湯化原食」的時候，丹琳才像一陣風一樣捲了進來，嘴裡不斷叫著，好累、好渴、好餓。可是，看她那精力滿滿的樣子，仍像一個打足了氣的皮球，不拍它都會彈起來。

「老吳媽眼睛快看不見了，好可憐。」丹琳對她姊姊說，「她還要留我吃飯，我說我非趕回來不可。」

「城門上有沒有甚麼麻煩？」徐老太太問。出城到海淀，要經過西直門，常有日本憲兵在那兒檢查，一句話不對就連踢帶打，跟瘋狗一樣。

「還好，」丹琳說，「是吳世保接我去的。」吳世保是吳媽的兒子，在北平城裡當警察。因為他懂幾句日本話，地面上情形熟悉，蠻吃得開的樣子。

徐老太太問起吳媽的情形，不免又扯到許多陳年的老賬。除了她自己，別人都插不上嘴，那兩個小夥子尤其摸不著頭腦。

因為提到海淀，之遙就講起那位傳奇人物王先生：「我找了他這麼久，連一點兒影子都沒有。我真懷疑究竟有沒有這麼一號人物。他們說他常在松坡圖書館落腳。」

中忱望著他笑笑，沉吟了一陣才說：「等會兒我再跟你商量。」

徐老太太問丹美姊妹上海那邊的情形。

「差不多的樣子，跟這邊比起來，物價好像還要更貴，糧食甚麼的早就都挺稀罕的。汪精衛剛出來時，日本人好像不那麼窮兇極惡亂抓人。可是沒過多久，一切又都是外甥打燈籠──照舊了。」丹琳翹著嘴唇說俏皮話。

「老百姓們對他們究竟是怎麼個看法？」中忱問。

「對誰們？你說汪精衛們？」丹美皺著眉頭說，「還能有甚麼看法？老百姓就是這麼馴良，像羊一樣。在上海南京一帶，聽到有人說過，蔣委員長是救國的，汪精衛是救民的。有蔣委員長領導抗日，日本人沒法小看中國人。有汪精衛出頭講和，日本人就不好太下狠手。淪陷區的老百姓就是這麼容易安慰自己。」

「老百姓真會相信他出來是為救老百姓嗎？」

「算了吧，我們又不是豬，」丹琳爽爽快快地拍拍手，「南京的，北京的，反正都是漢奸。汪精衛下面有些人還說，他們這叫『曲線抗戰』。跪在地上管日本皇軍叫爺爺，還好意思提甚麼抗戰不抗戰？要抗戰，就得鎗對鎗、刀對刀，敢拚命、肯流血才算數。曲線抗戰？根本是鬼扯！」丹琳講到激昂之處，也改變了她輕言細語的聲調。

「唉，那些日本鬼子……」徐老太太喃喃自語，這是沒有評語的批評。

也是那房間裡每個人都有的想法：南南北北，中國人這樣受日本鬼子的欺凌，要到何年何月才是了局？

12

在那次晚飯之後又過了個把月吧，胡之遙告訴王燕生：「有路子了，」仍是徐老師的安排，「不過，他再三叮囑，千萬不可走漏風聲。就是他自己，你跟我，」之遙壓低了聲音，眼睛盯住燕生，「還有陳家那姊妹倆。」

燕生沒多說話，只問：「甚麼時候？」

「等消息吧，大概也就是十天半月之內。咱們分頭準備準備吧。」

準備甚麼？幾件必須的衣服，幾本少不了的書，英漢字典，范氏大代數，聽說後方物資缺乏，有錢也不容易買。當然，出門在外，多多少少總得籌一筆路費，「錢是英雄膽」，千里萬里，誰知道要用多少錢？

燕生是把家裡存的一包大米拖到店裡，換了兩百元的「儲備票」。之遙則是賣掉了一隻老錶，兩個戒指。他們問徐老師：「這樣夠了嗎？」

徐中忱說：「多多益善；反正弄到了手裡才算是靠得住。行李要輕便才好。這不是遊山玩水，春假旅行。隨時準備自己扛上肩。你們估量著吧。」

胡之遙笑笑，悄聲對王燕生說：「那兩位姑娘呢，不知道她們帶多少行李？說不定該咱們倆輪流服務。」

事實卻並不是那個樣子。

完全出乎意料之外的事是，就在他們萬事就緒，整裝待發的時候，徐老太太忽然發了病，心痛和頭暈本是老毛病，但這一次特別嚴重，送進醫院時已經昏昏沉沉。後來雖然清醒過來，中忱不放心，便無法登程。

之遙建議，大家一起延後十天半月發行。可是中忱不贊成。這一路接應的地方聯絡起來不容易，臨時改期怕會別生枝節。他叫他們四個人先走，他等老太太好利索了再追上來。不過他又有點兒不放心這兩個學生沒出過遠門，再帶上兩個女孩子，萬一路上有甚麼差池，他這作老師的道義上總有一分責任。

「妳跟丹琳要是不那麼趕，就等我一塊兒走，」他對丹美說。他知道陳家姊妹的目的地是重慶，他自己則只到西安。「不過，西安以後的路，等到了再想辦法。」

「那沒關係。」丹琳搶著說，「我看我們四個人先走吧。不會有甚麼的。跑來跑去，都還是一個中國。」

「妳倒說得輕鬆。」中忱把一幅全國大地圖攤在桌子上，「你們看看這一路要過多少關口。」

他們選定的，是當時許許多多人走過的路線，南下的學生，南來北往的行腳商人，夾縫中鑽來鑽去的單幫客，都是這樣走的——從北平到天津，南下徐州，轉上隴海鐵路，到了河南省商丘縣。從商丘起旱路，前往安徽北部的亳縣，《三國志》裡曹孟德的老家。

到了亳州——當地人都這麼叫的，那便是日軍偽軍勢力範圍的邊緣，中間有一片無人地帶，渡過沙河，再進入河南邊境的界首，就是國軍駐守的防線。

從淪陷區到自由區，步步荊棘，處處難關。尤其是青年學生到「裡頭」去，日本人最痛恨。一路上時時都有不測之禍。所好的是，各地的老百姓乃至在偽軍部隊裡的人，受了日本人的氣，心向祖國的傾向仍極強烈。看到年輕人的穿著談吐，十之八九都會悄悄地說：「你們是過河去界首的？中國就是要靠你們，路上多加小心。」

四個人都換去了學生服飾，打扮成為小商人及其親屬的模樣。一站一站往下走，最難和最危險的，就是到了商丘，離了鐵路線以後。

在離開北平之前，徐中忱曾經為他們作了一些安排，丹美和丹琳是姊妹，事實如此，無需作假也不必掩飾。之遙和燕生都是城裡的店員，學徒出了師，離著大掌櫃、二掌櫃還早，但也算老字號裡的兩把手，五洋雜貨、布店，隨機應變。

為了路上應付盤查，就說丹美和之遙訂過親，燕生是之遙的表弟。都不是外人。

這時是趕著年關之前，到界首探親，順便作點兒小生意。之遙帶上一些藥品，治瘧疾的金雞納霜，還有保濟丸、十滴水之類。燕生裝了一些「汽門芯」，是自行車輪胎的打氣口上少不了的。這幾樣東西體積不大，分量不重，價錢不高，不是太打眼的貴重物資，帶起來輕便。據說到了後方都很搶手，不難換成錢。

他們到商丘的那天黃昏，天陰欲雪，已經是零下，滴水結冰的氣候。走出火車站，有穿黃皮鞋的偽軍士兵，檢查行李，問了問從哪兒來，到哪兒去，胡之遙領先一一應付過去，有驚無險。

然後就照著事先約定的，住進了旅店。門口的招牌是「協和大飯店」，其實比這一路上「雞鳴早看天」的小客棧強得有限。

他們住了兩間廂房。房間裡有電燈，洗臉就得叫熱水，洗澡免談。

在附近的二葷舖裡吃了簡單的晚餐，熱湯麵，男生外加兩個烤饃。天時已晚，沒有菜了，吃得倒也挺熱呼的。燕生把兩個女生送回房間，之遙已經到櫃房裡去找店主人聊天。彼此探探對方的底細，盤盤道，然後才好亮開胸懷，說真心話。

之遙回房時，燕生已經迷糊了一陣。他問：「找對人沒有?」

之遙不出聲，只說：「安心睡覺吧。明天一早就有人來看我們。」翻個身，他就打起鼾來。

燕生心裡仍然放不開。他記得，徐老師行前吩咐的話，商丘縣好比陰陽界，各方神鬼都在那兒出沒，可要千萬小心應付。

第二天一早，掌櫃的引來兩個車行的把式，本地人，都姓劉，三四十歲的精壯漢子，木訥訥，不多講話。都是客棧的掌櫃在穿針引線，三言五語就把價錢談妥。

「只要您佬一句話，咱弟兄不敢爭多論少。不過這陣子大風大雪，路上不好走，如果平安到了界首，還要多賞我們兩吊酒錢。」

掌櫃也代為同意了，照規矩辦事、車資先付一半，到了地頭，付另一半，再加上酒錢。此地的車行，既不是汽車機車，也不是騾車馬車，而是用人力拖的膠輪車，四個輪子，中間車身上像一張單人床大小的平臺，可以裝行李運貨，也可以坐人。當地人稱為「排子車」。

掌櫃的催他們及早上路，四個人行李不算多，兩個女孩子各坐一輛，算是押車。之遙和燕生隨後步行。他們沒想到這兩位劉師傅腿腳真是俐索，他們徒步走著，幾乎還趕不上那兩個拖著排子車的中年人。樣樣事都有工夫在內，燕生不由得不佩服。

在亳縣住店那一晚，兩位劉師傅叫他們在房間裡不要出來，晚飯是送到炕頭上吃的。在油燈閃閃爍爍的燈光下，他們找來了「錢鬼子」，就是專門在這陰陽界地頭上換鈔票的人。把華北的「偽鈔」，換了中央的法幣。當然，這是極危險的事，若是被日本人發覺，那可要命。萬一碰到壞人，換的比率吃虧不說，搞不好還會硬吃硬騙，有冤無處訴。幸虧有這兩位劉師傅出面，不費多大事就都換好了。「明天過了沙河，鬼子印的鈔票只能當冥紙燒。」

快要離開亳州時，前頭的劉師傅叫他們四個人都坐上車去，「要起風了，把毯子蓋蓋好。」燕生望望灰濛濛的天空，看不出要起風的朕兆，但劉師傅不等他多問，揮揮手說：「聽我的，沒錯。」

燕生上了前面的車，和丹美並頭臥倒，劉師傅把那條黑綠花格的線毯子，胡天蓋地把他們兩個連頭帶腳遮蓋起來。之遙上了第二輛車，他和丹琳也一樣躺在排子車上。

車子高高低低走了一個多鐘頭，只聽那劉師傅吆喝一聲：「行嘍，出來吐吐氣吧。」

後面的小劉師傅才告訴他們：「剛才經過的，是最靠近沙河的一座日軍營盤，後面有汽油庫。日軍崗哨看到過往車輛，常常要嚕嗦一番。我們剛才是偃旗息鼓，悄悄走過，幸好他們沒有注意，大家省了大痲煩。」

到界首，住進店裡，四個人請兩位劉師傅好好吃一頓豐盛的晚餐——在自由地區，不但米糧不缺，魚肉菜蔬，都很便宜，而且有很好的白酒。之遙把車資酒錢都交割清楚，再三道謝。

「自己人，不要這麼客氣。協和飯店的掌櫃，跟我們都是聯線的。你們雖然不是海淀王先生交代的客人，但也有人打過招呼。我們就得負責把你們穩穩當當送到界首。」那大劉師傅笑吟吟地把一個藍布包袱交給之遙。「這裡頭包的是些乾糧，萬一路上錯過了站頭，可以充飢。這不值甚麼，要緊的是這包袱皮。」乍看起來，那不過是一塊三四尺見方、印著白花的粗藍布，大概拖了多時，又是灰塵又是油垢，很不起眼。大劉師傅把蔴花扣兒解開，這才看到邊上印得有字，「慶記布莊」。

「這就是你們四個人的通行證。」大劉師傅用手一指，「慶記布莊」下面有墨筆寫的兩行蘇州碼子，「這是暗碼，由此往前去，駐馬店、漯河、葉縣。一路可以有人照護你們。你們只要講商丘協和客棧住過，劉家兩兄弟送你們過的沙河。碰得巧的話，就這張包袱皮，就能保你們到了洛陽。」

他特別說明，並不是每一個北方來的學生都能得到這樣的關照，「主要因為她們姊妹倆。

這條路上近時不太平靖。你們自己要多加小心。行車上路，住店打尖，把這包袱亮出來，自會有懂行的人來招呼你們。」

那二劉兄弟始終沒有講他們究竟是怎麼個身分，是隱身江湖草野的俠士？是潛藏在敵後的地下工作者？或只是亂世之中往來陰陽兩界、賺幾個艱苦錢的豪客？之遙和燕生他們一直沒有猜透。兩個女孩兒倒認為他們是軍人——那分沉著與嚴肅都不像尋常百姓。

界首一別，以後便再也沒有見過他們，也沒有聽到過他們任何消息。年輕人常常不曉得回頭看看。

但是，燕生印象最深刻的是：在這鐵血紛飛的大時代中，處處都有好人，處處都有不動聲色的英雄人物。中國人最後一定會打敗敵人，不靠別的，就靠這樣上下齊心的一股氣。

也是靠了這樣的一股氣，從界首到洛陽，過西安、寶雞，最後到了重慶——他們四個人，一路上的確受到許多素昧平生的人的照顧和幫忙，他們也說不清是否因為「慶記布莊」那塊包袱皮的效力。

那塊灰撲撲、黑忽忽的舊布；後來不記得是由丹美還是丹琳收藏著，很寶貝了一陣子。後來抗戰勝利了，各自忙著復員還鄉，弄不清丟到甚麼地方去了。

像戰時那些驚心動魄的經歷一樣，從記憶中隱退。小客棧、錢販子、排子車，兩位劉師傳，都離開他們很遠很遠了。青春的心田裡，容納不下太多的回憶。

13

過了這麼多年之後，萁生有時會忽然問一句：「喂，妳還記得那一年我過江去看妳，差一點兒翻了船的事嗎？」

丹美點點頭。船是沒有翻，只是人多超載，險象環生，他曾親眼目睹一艘小小的下水船跟一艘大船撞上，不到一刻鐘就沉到江底去。他見到丹美時問：「當時萬一我的船也沉了，妳怎麼辦？」

他已經不記得她怎麼答覆的。反正那時他們已經很好很好了。同生共死的話，用不著掛在嘴上。

四個人一到重慶就進了先修班，那是專門為收容戰區學生的機構。雖然說各方面還是脫不了因陋就簡的味道，學校不像學校，軍營不像軍營，然而，畢竟這兒是「通往大學之路的橋頭堡」，比河南前線以「撫輯流亡」為主的機構，強得太多了。有老師分班授課，彷彿「重點補習」。四面八方來的同學，都是希望在短短時間內把功課準備好，考取大學，好比「魚躍龍門」。

同學之間，當然有競爭；不過彼此之間又存有著那種「同是天涯淪落人」似的同甘共苦的感覺，互相關注，互相激勵。「熬過了先修班，還怕沒有大學要我們嗎？」那個瘦瘦的、戴著像酒瓶底兒一樣厚玻璃鏡片的班主任，就常常用這種話給他們打氣：「只要大家用功讀書：考試難不倒你們。本班去年的成績——」

他們四個人不同組，下了課又要各自準備作業，除了星期天，見面的機會不多。由於上課的關係，他們各自結識了一些新朋友。

新朋友帶來新的人生經驗，意料之外的悲喜。但是，不管怎麼樣，他們四個人心理上總是一個緊緊密密的、別人插不進來的小集團。他們有自己的共同語言，某些默契，甚至不需要任何語言來表達。

他們更像是一個大家族裡走出來的兄弟姊妹，而且是在一起共過患難、品嚐過某些危險的苦汁，分享著某些「不足為外人道也」的小祕密。

初夏考試，入秋才放榜。大學並沒有聯合招生，所以得一家家去報名，一家家去考試，一家家等待著放榜。胡之遙覺得不耐煩，「這玩藝兒簡直要人的命。」

臨到放榜的前夕，之遙忽然問燕生：「這回是釜也破了，舟也沉了，如果榜上無名，你打算怎麼辦？」

「盡人事，聽天命。已經走到了這一步，還有甚麼別的辦法。」燕生悄悄地說，「照我的估量，也看看別人的實力，我覺得我們上榜應該沒有問題吧。」他們報考不同的學校——都是出名難考的第一流學府。「我有一點點不放心的是——」

他沒有說出口來的是丹美。丹美那一陣常常生病，胃口不好，微微發燒，體重下降，最怕的是肺結核。而且她近來有點兒神不守舍，不知道為甚麼。

「你有沒有想到，」燕生說，「如果四個人裡竟有一個沒著落，咱們該怎麼辦？」

「如果有一個名落孫山的，那個人一定就是我。」之遙指著自己的鼻子，「真要落到那一步，我就跟你們告別了。」

「你到哪兒去？去考軍校？」燕生自己想過那條路。

之遙搖搖頭，「還要遠，遠得多。」他湊到燕生耳邊，輕聲細語，「這次再考垮，我就到陝北去。那邊念大學根本不必考。而且，一樣抗日，一樣有公費。」

燕生覺得好意外，「你是說著玩的吧？」大家都知道，當時國共關係已經十分緊張，青年人要到陝北去，並不是像郊遊旅行那麼輕鬆。

「我班上有個育英來的，姓陳，他爸爸也是東北軍。」之遙摸著下巴上的鬍子樁兒，「那小子講起話來很海氣，也不知是真是假。照他的說法，那邊很帶勁，很有朝氣，不像咱們這邊……」

燕生覺得很奇怪，這是他第一次聽到之遙說這種話。回想以前在北平的時候，談起國家大事來，其實就只有一條：「打倒日本鬼子」、國家興亡，匹夫有責。甚麼責？不能做亡國奴，不能當漢奸。打，打，一直打下去，打到把敵人耗乾了、拖垮了為止，把日本鬼子趕下海，中國人才能夠堂堂正正站起來。

那時大家心裡想的，嘴上說的，就跟到了後方以來，到處牆上寫著的大標語一樣：「軍事第一，勝利第一。」

可是，到了自由地區以後，從河南到陝西，從陝西到四川，越是靠近「抗戰司令塔」的重慶，大家的說法跟想法越是複雜起來。

抗戰反正是要抗下去。

軍事似乎已經不是第一，勝利也並不是那麼重要。

許多地方談的是民主（也有人特別標舉出來「新民主」的口號），抗日，要反法西斯，反獨裁，反貪汙。要各階級這樣那樣聯合起來，要「愛國進步人士」站在一條戰線上，英勇鬥爭……

在淪陷區的同胞，沒有這種想法。從淪陷區到大後方的學生們，起初也不懂這一套。之遙就要介紹那個姓陳的跟燕生見見面。可是，那姓陳的一直沒有出現。「以後有機會再說吧。」之遙沒解釋為甚麼他起初那樣熱心，一下子又變得那樣冷淡。「那個人實在不賴，好多事情他都比咱們懂得多，而且有各種消息。真神！」

燕生雖然也很好奇，但後來一直沒見過那個叫作陳中平的同學，想不出他究竟是怎樣一個「神」法。

放榜那一陣緊張，弄得人晚上睡不著覺。

燕生順利考取了新聞系；丹美險險地掛在教育系的榜尾——這是令人欣慰的好消息。丹美說：「我都沒問題，你們一定全都可以順利過關。」

再過幾天，之遙考的那學校也放榜了，土木工程，如願以償。之遙興奮得跳起來：「真沒想到，真沒想到！」

真沒想到的是丹琳，本來以為她準備得最充分，最有把握的；沒想到她考醫科撞了板。四個人就甩下她一個人，心高氣傲的、凡事都拔尖兒的小妹。

四個人全都傻了，他們沒想到，也不相信會有這樣的結果。

面對這樣的意外，一時不知該怎麼辦是好。

14

開學的時候，燕生跟丹美一道入學。之遙暫時陪著丹琳。

丹琳不願意留在先修班，雖然班主任說「下一次妳一定會高中」；丹琳卻另有打算，她一個人跑到城裡去打聽消息。同鄉會、同學會，還有到重慶以後才聯絡上的朋友和同學——她的要求很簡單，就是那「一線之路」，絕不再留在先修班，當然也絕不能回北平或上海去。萬不得已只好先找一個工作，待遇不計，但總得解決膳宿問題。當然最好是不可太忙，至少要保留一些自修的時間，「徐圖後舉」，她最後的願望還是要念大學。

等到之遙的學校也開學了，丹琳果然離開了先修班。她寫信告訴丹美，她考進了一所訓練護理人員的機構，好像跟軍事機關有點兒關係。戰時體制之下，甚麼事情都難免涉及軍事。這種短期訓練班主要是為了應急，用最短的時間訓練出急需的工作人員。

對丹琳來說，她去那兒受訓（她打心眼兒裡不喜歡「受訓」這兩個字），其實也是為了應急。解決她自己眼前的需要，找到一個可以自立自足、而不傷尊嚴的地方。

這一來，四個人分在了三處，雖說都在幾十里方圓之內，但是山城的交通十分不便，燒木炭的客運車不但一票難求，而且完全不能按照預定的時間行駛；除此之外，就只有靠「十一號汽車」——兩腳步行。

有一回，他們相約在丹琳那兒會面，燕生跟丹美同行，之遙離得近些，已經先到了。小別之後重聚，真是好開心——每個人都有許多新的經驗要講出來。他們並沒有因為不再朝夕相聚而變得生疏，相反的，正因為生活圈子擴大了，交往的人多了，就更覺得原有的這個小小集團是那麼可愛，那麼親。

那天中午，天氣好熱。護理訓練班設在鄉間，他們聚齊了到鄰近小鎮上去吃飯。小飯鋪門口掛著「開堂」的牌子。丹琳點了擔擔麵、小蒸籠，還有紅燒肉、肉絲榨菜、麻婆豆腐——所有的菜餚味道都差不多，又辣又鹹。

「讓我請請你們，」丹琳說，「我是賺薪水的。」受訓時不但供膳宿，而且每個月有點兒津貼，是跟米價聯繫的。錢不多，但跟那三個吃公費的學生比起來，她算是個小富婆。

那也是很值得回憶的一場聚會。

以後，四個人湊齊的機會竟沒有了，因為，幾個月之後，丹琳受訓期間，分發工作，離開了重慶。她去的地方其實仍是後方，跟她原來構想的走上前線、槍林彈雨的生活完全不同。

「小妹就是這樣，」丹美告訴蕪生說，「每二十四小時就會有一個新的、偉大的計畫。新計畫隨時被推翻，所以她永遠都覺得不滿意。」

蕪生不知道說甚麼好。他覺得他很能了解丹美，卻一點兒也不了解丹琳。丹美跟他一樣，喜歡按部就班、紮紮實實、一步一步朝前走。

而丹琳——

「我不喜歡這樣不死不活的、溫吞水一樣的日子，」她的信上這樣說，「這家醫院規模不小，設備也算不錯，可是暮氣沉沉，我一點兒也不開心。暑假我想回重慶去再考一次，但又害怕受不了再一次名落孫山的打擊。」

蕪生和丹美都勸她回來再努力一次。「女生宿舍裡可以擠出床位來，反正管理上並沒有那麼一個蘿蔔一個坑。吃飯嘛，伙食團我可以去想辦法。妳就來這兒準備應試吧。」聽起來這樣的安排似乎不錯。

丹琳起初是無可無不可，又說很同意，又說一時還來不了。

「會不會是她有朋友了？」蕪生覺得有些不對勁，「她最近的信上好像都沒提胡之遙。他們兩個人究竟……」

「應該不會吧，」丹美說，「她總不至於連我都瞞著。」

「妳跟她約一約，我們再去看看她，當面商量。」燕生沉吟著，「也把之遙找來。咱們好久沒聚在一起了。」

可是，丹琳工作地點離著重慶有好幾百里地，不是寒暑假，根本不可能。而且，讓燕生頗感意外的，是之遙的反應：

「有甚麼好聚的？各人頭上一片天，自己照管自己吧。」之遙的來信上似乎隱隱然有一股憤憤不平之氣。

「說不定他碰了丹琳的釘子吧。」丹美笑著說。

「這真像《紅樓夢》上說的，姑娘人大心大，跟從前不一樣了。」

「你說誰，說丹琳嗎？」

燕生笑而不答。過了一陣又說：

「她要是跟妳一樣死心塌地，之遙的日子就好過得多了。」

「甚麼叫死心塌地？你少臭美。」

那時候，他們倆已經很好了，是平平穩穩地、無風無浪地那種好法。沒有猜疑，沒有嫉妒，沒有鬧甚麼小心眼兒，一切都是理所當然。

之遙跟丹琳之間，恰恰相反，疙疙瘩瘩的事，一波未平，一波又起。丹琳嫌之遙：「一天到晚不知忙些甚麼，除了功課，又攤上一大堆莫名其妙的外務，十天半月接不到他一封信。他根本就沒有把人放在心裡。」這是有一次她回覆丹美信上說的話。

可是，之遙也有他的說辭。他告訴丹美和燕生：「我真是忙，學生會的事，別人好意推出我來，怎能不管？再說，眼看著大局這樣糜爛，我們青年人若再不挺身而起，國家還有甚麼希望？」

靠通信彼此聯繫，也有個好處，一封信一來一往，十天半月是常有的事，偶爾還會「不知下落」了。所以，通信不會讓人走極端，想吵架也吵不起來。

轉過年來的八月間，日本投降了。

慶祝勝利的狂歡聲中，大家都忙著「復員」，其實也就是大搬家。之遙的學校搬回上海，丹美和燕生的學校搬到南京。

他們都希望丹琳也到京滬一帶來，「彼此可以有個照應。」她一個人能到甚麼地方去呢？想不到的是，她卻一個人北上北平。

「漂泊了這麼幾年，我又回到了出發的地方。我倒是很喜歡這懶洋洋的，老像沒睡醒的古城。」

丹琳不聲不響地重考大學，如願以償進了醫科。中間的工作資歷沒有甚麼用處，頂多是增加了一些常識，也多認識了一層人生。手裡略積了幾個錢，但沒有甚麼用處，戰後的通貨膨脹太厲害了。

「我常常擔心我究竟能不能念得完……」丹琳不止一次這樣說——不像她往年那樣說到一定做到的脾氣。

回想起來，那些歲月，生澀而張皇，說不出來的茫然。他們的聯繫漸稀，心靈上的距離似乎也越來越遠。

蕪生常常覺得後悔——那時候，如果我能常常跟他們見見面、通通信，也許——那些話沒有甚麼意義，天下有許多事都容不得後悔。甚麼「走過從前」？一旦成了「從前」，就再也無法走過。究竟是哪一步棋走得不對？但是，誰還能對命運之神說，「讓咱們來重新擺過」？

許多小事情，瑣瑣碎碎，像萬花筒裡的碎玻璃，轉動起來才是瑰麗的圖案，拆開便是一片片既無光彩、也不相連屬的碎玻璃碴。一點兒也不美，它只會刺傷人的皮肉，甚至劃痛人的心。

那些遙遠、空濛濛的、想不起、記不清的往事。

15

燕生不願意想，但事隔多年仍會常常想起來的，是那年夏天的事。內戰已全面展開，物價已經全面飛漲，老百姓希望和平的夢已經全面破碎。學生們在學校裡雖然照樣上課、考試、吃飯、打球，甚至於談戀愛、發牢騷，其實，心情完全不一樣。烽火逼人的歲月裡，沒有人能再強自鎮定，過正常的生活。

街頭蜂擁著四鄉逃來的難民，扶老攜幼，滿面風塵，他們不知要到何處去，也沒有人告訴他們應該到何處去。

鬧市中常常出現長長的隊伍、洶湧的人潮，都是買配給物資或登記買黃金。政府不時照公定價格定量賣出黃金，作為吸收貨幣回籠的手段。那些站排的人，枯坐一個夜晚，買到一個號碼就可以賺到一筆可觀的差額——很快就發展成一種新興行業，背後有人操縱的搶購團體。

在新街口和珠江路，黃昏之後成了一大片流動市場，買賣銀元、黃金和美鈔。財政部就在那條街上，煌煌功令，「嚴禁不法買賣……」這真是到了古來亂世所謂的「令不出都門」。

燕生有一次看到一位教大一國文的老教授，躲在那些黃牛販子的背影裡，羞羞慚慚低聲問路人：「大頭要哦？民國元年的……」

燕生急急走去，好像要逃避甚麼。他說不出是憤怒還是悲哀，「國家怎麼可以這樣委屈讀書人？」

飯廳的飯菜越來越不像樣。天氣悶熱，一走進去就會聞到一種酸酸的、發餿了的腐濁氣息。有天晚飯，炒菠菜帶著泥巴根子上了桌——桌上唯一的一盤菜。有幾個脾氣暴躁的同學摔了飯碗，也有人跑進去質詢廚子頭兒。

「一個月攏總這麼幾塊錢，」那又乾又瘦、滿臉麻皮的廚子頭理直氣壯地說，「你們想吃甚麼？紅燒肘子黃燜鴨？想得可美！」

這一陣排揎激起了眾怒，砸了不少的飯碗菜盤，好幾個廚子都挨了拳頭。廚子要罷工，學生要改組膳食委員會，有人說打人的應該記過。吵吵鬧鬧，到後也就不了了之。

南京城裡已經是一個毫無紀律，誰跟誰都不必講理的地方。

黃昏後，燕生去找丹美吃麵。藉著近來功課忙，到街上小麵館兒裡換換口味，多少也算是一點點調劑。

「我正要去找你，你可聽說胡之遙出事了？」

「他會出甚麼事？難道上海那邊……」燕生知道胡之遙近來已成了上海地區左傾學生活動中的一個首腦，會不會是官方對他有甚麼行動？

「不是在上海，是在這兒。」丹美急急地說，「我剛在圖書館看到上海報紙登的，有一個各界民眾代表團，晉京請願。名單裡有他，他是學生界代表。」

「我一點兒也不知道，他們請甚麼願？」

「還是那幾句老話，要求和平，反對內戰，要求民主，報上是這麼說的。」

「這些話叫了不止一天，現在會出甚麼事？」

「我也不清楚。我聽同學說，兩個代表團一到南京下關車站，被圍觀的民眾攔住。有人叫著，『打內戰的是共產黨，你們在這兒鬧甚麼？』後來起了衝突，混亂中有人受了傷。胡之遙也打破了頭，送進醫院去。我們趕緊去打聽打聽吧。」

幾經周折，才找到那家醫院，胡之遙頭上有傷口，也不知是被磚頭石塊、還是被甚麼東西打的。急著要輸血。

因為是一場混戰，受傷的人和慰問的人亂成一團，醫院裡上上下下，有點兒應接不暇的樣子。好不容易丹美找到了胡之遙的病房，裡裡外外都有人，不能進進出出。一個醫師迎面而來問燕生。

「你是不是B型的？」

燕生連聲說是，「我可以為他輸血嗎？他是我最好的朋友。」

那年輕的醫生把他上下打量了一番，吩咐護士帶他去作一個檢驗，「你來得正及時。」醫生又拉上了大口罩，聽不清他自言自語說甚麼。燕生還想問問他有關的病情，但又有一批人跟著擁了過來，把醫生圍在中間。

經過了一陣亂糟糟，確定血型相合，完成了輸血的時候，王燕生覺得好疲弱，對面病床上的胡之遙，依然昏迷未醒。

燕生探起身來望望他，還是那張同字臉，層層紗布包住額頭，「你覺得怎麼樣，之遙？」

沒有反應。

後來，丹美在人叢裡東打聽、西打聽，才稍稍摸到了一點兒輪廓。那代表團名義上是代表上海社會各界，「進步人士」為主，也有幾個骨幹，包括胡之遙，都是有了案的職業學生。他們一到南京，就在車站上開群眾大會，演講、呼口號，先要造成一種壓倒一切的氣勢；然後，不管喊甚麼，如癡如狂的群眾便只有「照單全收」。

下關車站是交通樞紐之所，也是四鄉難民雲集的地方，那時蘇北來的老鄉，人人都有一身血債，聽到有人在這兒公然為共產黨歌功頌德，當然受不了。起初是——

「你們知不知道共產黨槍斃了多少人，活埋了多少人？」

「那些都是地主漢奸，貪官汙吏，是人民的敵人，共產黨要為民除害。」

「放你媽的屁。共產黨根本就是土匪，奪人財產，害人性命。共產黨才是人民的敵人！」

「你拿了國民黨多少銀元，跑到這兒來攪局？難道你不贊成和平，你不反對打內戰？」

「只要共產黨不造反，不殺人，沒有人要打內戰。」

這樣的爭辯，吵到了沸騰點，就昇高成了暴力衝突——打群架了。

胡之遙在吵架時叫得特別響亮，動起手來他成為一個顯著的目標。混亂中他打過人，也挨了打，頭顱鮮血涔涔，醫生說，再耽誤一下，命都難保。

王燕生又是心痛、又是焦慮，一面氣他頭腦不清楚，跟著共產黨的曲子起舞，一面又怕他萬一因傷成殘，變成個植物人，那可怎麼辦？更不幸時，說不定就這樣送了性命，豈不是太冤枉了嗎？

幸而搶救及時，病情穩定下來。醫生說，究竟是年輕人，底子厚，經得起摔摔打打。

燕生和丹美輪流守護著之遙。好幾天之後，等他精神逐漸恢復了，丹美才把燕生大量輸血的事告訴了他。

「好小子，這下子咱們倆更分不開了。血濃於水，比親哥兒們還要親。」之遙躺在病床上對燕生說，「這成了永遠還不清的血債了。」

「別說得那麼難聽。就憑咱哥兒們這多年的交情，我不為你出血還為誰出血？」燕生心裡想，真的，我們跟親兄弟一樣地親，但是，那是從前……

現在，雖然你的身體裡流著我的血，然而，你的心跟我的心卻想的不是一樣的事情。

他覺得好冷，好悲哀。

丹琳那時已經轉學到北平去了。燕生寫信給她，把之遙的事告訴了她。他本來希望丹琳有機會能勸勸之遙，不要太情緒化，不要太極端，凡事總得多方面掂量掂量……

但是，這些話他畢竟沒有寫出來。

他問過丹美的意見，丹美苦笑著搖搖頭。

大火熊熊燒起來，眼看著火勢似乎已經一發而不可收拾，努力救火徒勞無功，每個人都發狂了。

各式各樣的反、反、反，沒有人能拿得出正面的主意。被裹脅在洪流之中，每一個人都不再有自我。

胡之遙病起後回到上海，一時成為英雄人物，「為中國的民主流過血的青年領袖」。

他和周恩來那些大人物在一起談話的照片，先後出現在好幾家左派的報紙、雜誌上。

過了暑假，丹美突然接到丹琳從北平寄來的信，她說，胡之遙轉學到北方來了，「現在我們讀書在一起、工作在一起、生活在一起、戰鬥在一起。」

胡之遙自己一直沒有消息。在內心深處，對於燕生他不能不感激，不能不懷念；但是，想到了燕生那些「不徹底的改良派的」、小資產階級溫情主義的想法，便不能不格外地恨他、怨他，從心裡想要跟他疏遠。

16

最後的一面，是在上海。

燕生和丹美等船到臺灣去。飛機票買不到，船票也很難買；燕生一度很洩氣，說是不如「就地觀變」吧。但丹美不同意，她那女性的細密的思慮與直覺，為他們作了最重要的決定。「就地觀變？等到一旦真的變了，你還走得成嗎？」

為甚麼要到臺灣去？

因為沒有別的選擇。對許多不相信共產黨的人來說，這是最後一條路。

南京整個市面都陷於癱瘓，學校也處於停頓狀態。有的學校要向大西南遷移，就像抗戰初期的作法。可是，老師學生都懷著一種茫茫之感；原來潛伏地下的中共黨員，此刻已經不再那樣藏頭露尾，而是利用別的名目掩護著，分頭在各種公私機構裡活動，要人們「迎接解放」，要保產護校，等待天明。

北方的人向南流，京滬一帶的人有的流向內地，有的越海前往臺灣。燕生和丹美從南京到上海，找機會去臺灣。沒有金條美鈔，沒有人事關係，他們的機會等於零。每天在街上奔走，跑招商局，跑碼頭，急如熱鍋上的螞蟻。

「你看，」丹美扯扯燕生的衣袖，「那是不是徐老師？」他們正在招商局辦公室樓下，看到一個高大的背影，在看牆上的招貼，背有點兒傴僂著，頭髮都斑白了。

「徐老師，」燕生擠上去叫了一聲。那人慢慢地轉過頭來，「你是——你們是——」

「徐老師，沒想到在這兒遇到了您。我是王燕生，四中的學生，您還記得吧？」

「怎麼會不記得？沒想到會在上海又碰上，好極了。你們是來找船票的嗎？」

徐中忱雖略顯老態，精神仍很健旺；講起話來口吃得比早些年似乎更厲害了，但他那滿臉欣喜之情卻是發自內心。「丹美，妳現在完全是個大人樣子，我都不敢認了。」

他們在街頭一家小麵館裡吃了碗麵，兩籠小包，一面談著別後種種。

因為一步耽誤，徐中忱在珍珠港事變以後，沒有來得及和燕生他們一道南下，以後越來越緊，不幸他的母親病重逝去，料理完了喪事，他正準備摒擋南下的時候，日本憲兵隊破獲一間地下電臺的案子，牽絲絆藤，把徐中忱也牽扯在內。關在紅樓裡吃了不少苦頭，等到日本投降這才恢復自由之身；而且被安置在一所大衙門裡辦公。一直到平津危急，才飄然南來，究竟是去廣州，去香港，或者到臺灣，都沒拿定主意。

「我此刻住在一個親戚家裡，他們也在幫我聯繫。你們給我留個通訊地址，萬一有甚麼好消息，我可以知會你們一聲。」徐中忱仍不改當年熱心助人的本色。

燕生留下了地址，明知不會有甚麼希望。

分手時，徐中忱忽然說：「我倒忘記告訴你們，胡之遙也到上海來了。他跟我那個親戚挺熟的。也許我可以把你們約到一起……」

丹美跟燕生面面相覷，不知說甚麼是好。

之遙在這個關頭到上海來幹甚麼呢？

想不到老友重逢，竟落得不歡而散。

徐中忱的親戚黃先生，是經營西藥生意的大商人，在「冒險家樂園」的大上海，他也算得是一個冒險家。自學起家，對政治對時局也有一些看法。像大多數企業家一樣，因為飽受通貨膨脹、苛捐雜稅之苦，所以對政府當局有一肚子的牢騷。「這天下眼看要變色了。」這種世紀末的心態，在當時十分普遍。

胡之遙總稱呼他是「進步的民族資本家」，是「覺悟得很早」的民主人士。當國共之間武裝衝突剛剛開始的時候，黃先生就曾偷偷運送藥品和器材到江北去支援新四軍。

燕生和丹美那天應徐老師之邀去黃家吃晚飯——那是他們到上海以來第一次、也是唯一的一次盛宴。他們體驗了儘管在兵荒馬亂之際，有錢人家照樣可以過著「要甚麼有甚麼」的生活。晚宴席上不僅嚐到了和他們久違的雞鴨魚肉，也吃到了像茄汁明蝦、紅煨海參那樣的大件，而黃先生卻還再三抱歉，「幾隻家常小菜，弗客氣，弗客氣。」

吃飯的時候，大家都是扯閒篇，談談一些市井傳聞，商場起伏，燕生很少開口。但丹美已注意到，胡之遙那種洋洋自得的態度，和那位黃先生對他畢恭畢敬，過分討好的神情，都很不尋常。

飯後，在那鋪了厚厚軟軟地氈的小客廳裡喝茶，之遙問起燕生對未來的打算；不等有甚麼答覆，他馬上又說：「我看你們不必再走了。眼前大勢，明明白白，國民黨兵敗如山倒，真可說是命在垂危，氣若游絲。就算逃到臺灣去，苟延殘喘，又能維持幾天？你跟丹美既不是軍公教，又不是黨員，犯得著去蹚這一場渾水嗎？」

燕生沉默無語。

「倒不是甚麼犯得著、犯不著的問題，」丹美冷笑著說，「我只擔心燕生那分牛脾氣，在共產黨手底下討生活，他恐怕受不了。」

「你覺得怎樣，老師？」之遙轉面來問徐中忱，希望他轉一轉口風，不至於越談越僵。

「說來慚愧，我比你們年長，照說應該看得更清楚些。不過我是在抗戰那幾年折騰夠了，淪陷區的日子不好過，所以這次北平一關城我馬上就走。再來個八年，我這輩子就白過了。」

「老師，你這話言重了。」之遙坐直了身子，擺出一個要大發議論的姿勢來，「日本人是要滅亡中國，共產黨是要救中國。這是兩碼子事呀。改朝換代，總不免有些波動，這一陣子就過去了。您看就這短短的三二年之內，從東北到華北，從平津到京滬，解放軍真是攻無不克，勢如破竹。當年抗日戰爭，那是因為全國民氣頂著幹，國民黨想要投降都不成。現在情況完全不一樣了，人民都站在共產黨這一邊，眼看著就是『百萬雄師渡大江』，全國各省，歸於一統，只賸下一個小小的孤島臺灣，難道它還能跑到天上去嗎？」

燕生還是沒說話，自己心問口、口問心，不能不承認胡之遙並不完全是說大話。南京上海，岌岌可危，就算費盡周折，弄到船票上臺灣，未來的日子也不好過。踏入一個完全陌生的環境，連最起碼的生活都沒有把握，還談甚麼治國安邦、救國救民的大道理？

「你們先不忙決定，也別說一定走還是不走。」之遙從上衣口袋裡掏出一本厚厚的記事本，裡邊夾著不少張長長短短的紙條和卡片。「如果你們想清楚了，能夠留下來，那就好，」他拍拍自己的胸膛，「我可以負全責。」

丹美直直地望著他，似乎要說：「你負甚麼責？」

「我也不必瞞你們。這次回到上海，是奉命來做好準備，迎接解放新形勢。你們都應該留下來為人民服務。新中國需要各方面的人才。」

燕生雖然早已想到之遙的職業學生的身分，但沒有想到他竟是這樣大言不慚，氣勢凌人。

「沒想到你要做接收大員了。」

之遙的同字臉微泛紅潮，「燕生，我跟你是打小兒的朋友，患難之交。我絕不會騙你，留下來，天寬地闊，我們都能有一番作為和貢獻。」

「謝謝你，之遙。讓我們再考慮考慮。」

「沒問題，反正還沒那麼急。如果你們執意要走，跟我講一聲，找船票甚麼的，我比你們熟些。別忘了，大上海是我的老地盤。」他開玩笑似地拍拍燕生的肩膀，又問：「徐老師，您是不是已經拿定了主意？」

三個人都沒有答話，但他們心裡想的都是同一件事情：就算我們走不成，也絕不能拿胡之遙的船票。那後頭一定牽著線的——他們都感覺到胡之遙的那一股逼人氣燄，像戲臺上的大花臉那樣：「萬里乾坤掌握中」。

「在我看，」徐中忱眼睛望著窗外，「這場球並沒有打完。」可是，下面的話他不再說了。

燕生和之遙都記得，這是以前他們球隊出場比賽，遇到強敵，比數老趕不上的時候，徐老師就會冷冷地扔出這麼一句話來。意思是說，就算十之八九要輸了，也還是得撐到底。

有人說，中國人的韌性，就表現在這不服輸的勁頭兒上。

「丹美，」之遙小聲小氣對她講話，壓低了兩個音階，「無論如何，我們不希望看到妳去走將來一定會後悔的路。告訴妳，丹琳也是這麼囑咐我，要——」

「謝謝你，之遙，」丹美的聲音激越高揚，眼睛裡閃耀著澄明清澈的光，「你知道，我對於自己作的選擇，向來不後悔。這次也是一樣，沒有第二種可能。」

之遙默默地點點頭，緩緩站起身來，走出門去。

燕生望著他的背影，緩緩地走出門去，一步步走入外面的昏濛的夜色中。

於是，四十年。隨著四十年歲月的長流，驀然回首，現在該誰來後悔？

這就是燕生對之遙的最後的記憶——在這次久別重逢之前。那彷彿是隔著夢幻般的泡沫，禁不起碰觸，也禁不起思索，都不像是真的。

17

四月尾的北平，風沙捲起來。但是，除了風沙之外，其他種種，都跟記憶裡的景象截然不同。機場下來的大路，熙熙攘攘的人群，那些似乎是沉睡了好多年的老屋陋巷，還有那些帶著點誇張氣味的華表、廣場、紅牆上的標語，每個字似乎都大得超乎正常的比例。

燕生一路上都跟自己說，這不過是回到了老家，要冷靜、要平平淡淡地接受眼前的一切，用不著激動，應該保持著圍棋國手們常說的「平常心」。

旅途中的許多瑣瑣碎碎，把夢寐中反覆揣想過的「故國重遊」的樂趣，幾乎侵蝕光了。但是，儘管如此，當他第一眼看到丹琳遠遠地朝著他揮手的那一剎那，他不能不感到震撼，也有身體也有心的拔空了一般的震撼。

燕生沒有高聲呼喊，沒有走上去忘情的擁抱，可是，眼淚卻一時止不住滔滔地流下來。不要激動，不要激動，沒有，我沒有激動。

他說不出來究竟是為甚麼而哭。

「之遙好吧？」

「他在家裡等你。」丹琳說。她想必也在對自己說，不要激動，不要激動；她倒是保持著很冷靜的樣子，至少還沒有落淚。

燕生偷偷瞄了她一眼。她已完全不是昔年那個活潑、佻達、天不怕地不怕的少女了。說不出從甚麼地方看起來，他覺得丹琳似乎比她姊姊要老相得多；也許是因為那幾條重重疊疊的眼角的魚尾紋，也許是那剪得短短的、夾雜著幾絲銀灰色的頭髮。還有她的衣服，有一種漫不經心的蒼老的氣味，說不準是由於顏色、式樣、或者只是她那種「反正都無所謂」的神情。

她問過丹美的近況。燕生也只說一聲：「都還好。」又說：「我們都到了退休的年齡。你們這邊叫離休，是吧？」

三言兩語，就免不了會「你們這邊」、「我們那邊」，總想著避免還是躲不開。燕生感覺到似乎有一條看不見的鴻溝，存在在他和丹琳之間。

即使是像兄妹一般的人與人之間，都無法否認那條鴻溝，不完全是人為的——由於許許多多個人控制不了的複雜因素，由於時間。

提著簡單的行李，隨著上了麵包車，彎彎曲曲開了一個多鐘頭，剛出機場的那條大道，路旁樹梢上染著早春的新綠，是很好看的景象。進入市區之後，燕生睜大了眼睛，注視窗外的街景，彷彿是走入了一個陌生的國度。記憶中魂牽夢縈的老地方，都不知道躲到哪兒去了。

因為車上還有別的旅客，燕生不願多講話，「變了樣子了，」他喃喃自語，「實在認不出來了。」

丹琳含笑點頭，好像是「面有得色」，又好像是在抱歉——這城市變得太多，究竟是變好了還是變壞了？

你喜歡它現在的樣子嗎？

沒有人這樣問。但每個人似乎在內心裡都有這個問題。

「北京城現在好大好大，」丹琳指著一座高樓，「這些都是這幾年才蓋起來的。市區劃進好幾個縣，人口有上千萬了——他們這麼說的。」她沒說明「他們」是誰，燕生當然也不問。

「我記得，以前我們那個時候，總說是燕都九城、一百二十萬市民怎樣怎樣。」燕生看到丹琳頭轉向窗外，也許這話不好答碴兒，也許他不該提「我們那個時候」。一提起來，彼此就顯得生分了。

到了家，是在城南的新社區，一排排的樓房，看上去都像「穿新制服的」，丹琳湊在燕生的身邊說：「住在這一帶，都是穿制服的，懂嗎？都是有點兒道行的幹部。」

爬上樓，第三層，丹琳用鑰匙開開房門，大聲說：

「喂，我們回來了。」

「我看到你們的車子開過來。」之遙說。他仍然坐在那張躺椅上，臉對著窗外。「對不起，燕生，我沒有去接你。」

之遙慢慢轉過身來，燕生看到了那張同字臉，因為發胖了，又像是浮腫，不再像記憶中那樣的輪廓分明。多了一些皺紋，眼睛有些瞇睎著，半長的頭髮脫了不少，看起來灰撲撲的、麻麻癩癩的老態，是那種打不起精神來的、一切都已經沒有甚麼希望了似的老態。

燕生走上去握著之遙的手，那手依然是厚實有力的，像熊掌。之遙下身蓋著一條舊毛氈，「我這條腿——」

丹琳站在燕生背後，「剛才在車上我沒來得及告訴你，他的一條腿有毛病，好多年了。不得力，站起來不方便。」她走向前，蹲在之遙身邊，輕輕地撫弄著氈子下面的腿，「是跌壞了的。很亂的那幾年，在北大荒。」

燕生不知道該說甚麼是好，他也曾想像過他們會經歷許多許多困難的遭遇，像別人一樣。然而，因為他們事前沒有提起過，此刻面對，不由得感到突如其來的震驚。

「沒甚麼，沒甚麼。」之遙笑得那樣坦然。「不是甚麼跌壞了的。」他對丹琳說，「跟燕生還有甚麼不能講的嗎？是開鬥爭大會的時候，被他們打的。」

「幸虧有好人救了一把，算是保住了命。」丹琳說。

「也保住了沒有把這條腿鋸掉，要不然，我就是鐵枴李了。」之遙把灰撲撲的毛氈揭開，下面是他的圓呼呼的大腿。他自己輕輕拍著，彷彿在拍一頭寵愛的老貓。那條右腿似乎已經不是他身體的一部分，而只是他的憂患餘生裡苦難記憶的一個段落。

淡淡地，就像講別人的、不相干的往事，之遙說：「那些造反的紅小將真兇，你曉得的，他們出手夠狠。」他握著燕生的手，「比我們當年稱好漢、打架的那一套可厲害多了。」他講話的神情，倒像是檢討一場剛剛打輸了的球賽。

18

在臺北的時候，燕生聽人說過，大陸上的人們，對於過去這多年的遭遇，可能有兩種截然不同的反應。一種是長江大河式的盡情傾訴，尤其是和外面世界的親友見面時，恨不得把幾十年的冤情都倒了出來，「你讓我講出來，我心裡好過些。」受到冤枉、受到極不公平的待遇，是屈辱也是驕傲。他們的傾訴讓人得到一個很強烈的印象：「在這樣非人的世界裡，所有的好人都要受罪——凡是吃過苦、受過難、挨過鬥、被罵被打、糟蹋得不像個人樣的，才是真正的好人。」

另外一種是：「沉默」。甚麼也不說，甚麼也不想。不會再歌功頌德，但也不怨天尤人。「已經過了那麼久的事，還老提它幹甚麼呢？」光天化日之下，竟曾發生過那樣恐怖的、荒唐的事件，那不僅是抓著權力、胡作非為的那些人的罪過，也是每一個人——包括無辜被害者自身的錯誤。

他們寧可像忘記一場噩夢，醒過來渾身冷汗，不願意再回想夢中的鬼哭神嚎。而且，我跟你說你也不會懂的。怎麼可能會有那樣的事？連我自己親身經歷過，到現在仍覺得半信半疑……

胡之遙的態度，介乎「一吐為快」和「把噩夢帶到墳墓裡埋葬起來」之間。

燕生搬了一個小凳子，坐在他身旁，「我回來，就是為的來看看你們，跟你聊聊這些年的事情。你慢慢講——講你喜歡講的，好不好？」

丹琳說：「你好不容易回來一趟，我們該陪陪你去逛逛頤和園、圓明園；下下小館，嚐嚐全聚德的烤鴨子。聽說臺北也有賣烤鴨的，味道怎麼樣？」

「那些都不忙；烤鴨當然好，不過這幾年因為有膽固醇的問題，大油大膩的東西都不敢碰了。」

「我也是，」之遙說，「讓我想起法國畫家雷諾那句話：『年輕時牙口好，想吃牛排卻沒有錢。老來有的是錢，可是牙都掉光了。所以還是吃不成牛排。』人生的矛盾大概就是這樣吧。」

燕生發覺，之遙很喜歡——也可能是下意識地——講到有關吃的話題。年輕時他並不這樣，早晨一碗熱豆汁就著辣蘿蔔絲，晚上一盤蔥爆羊肉，他都會吃得興高采烈。

可是，現在他講起這樣那樣的「名饌」來，簡直像在背食譜。怎麼選材料，怎麼用刀功，煎炒烹炸，頭頭是道。燕生不由得懷疑他在落難的時候當過廚師，不然就不會講得那樣精細入微，那樣專業化。

連他講的那些笑話，幾乎沒有一個不是跟「吃」有關。

「以前聽人說，食色性也，還不怎麼太懂。」之遙說，「真正受過顛沛、挨過餓以後，才算曉得飢餓的厲害。餓起來真所謂飢火中燒，比慾火中燒更要命。」

「不要下流。」丹琳說著，走去端來兩杯新泡的茶，白汽騰騰，茶葉綠蔭蔭的，從玻璃杯外面看，倒像是深山峻嶺裡的千年老林。

「好茶，」燕生讚嘆，「這大概是高幹才喝得到的名品吧。」

丹琳沒有細講，「老朋友送的，沒捨得喝，就等你來。」即使只是一杯茶，聽這麼一講，就是顯得情深意切。

「其實，我們不能算是高幹，跟人家真正有辦法的人不能比的。」

晚餐是吃炸醬麵。丹琳記得她姊姊說過，「燕生倒是不怎麼挑口，給他甚麼吃甚麼，弄一碗寬條炸醬麵，黃瓜絲加蒜泥，他就會樂得像甚麼似的。」

在動身之前，燕生聽先回過鄉的人自道經驗，「到了親友家中，要入鄉隨俗，千萬別自作主張。你以為很簡單的一樣吃食，大陸上的親友不知要作多大的難。」因為許多吃的用的都「緊張」，有錢不見得買得到，何況沒錢。

一面呼嚕呼嚕吃麵條，一面擦額頭上的熱汗——因為剛剛喝了幾杯二頭——叫名兒是二鍋頭，勁頭兒比不上往年；燕生覺得，比金門大麴也差些。

吃飯後，丹琳收拾餐具，又在茶杯裡加了開水，「燕哥，你看看我們現在這個樣子，跟你們在臺北的生活比起來，究竟怎麼樣？」

燕生沒想到她竟會有此一問，趕緊隨口應答：「差不多，也就是這個樣子吧。反正我們都是薪水階級，吃不飽，餓不死，就對啦。」他試著扭轉話題，「你們這房子也挺敞亮嘛。」

他心中想的是，這樣的材料和格局，大約是民國四十年左右第一批四層公寓的水準吧。可是，臺北買甚麼東西也用不著配給證，用不著排長龍。

但是，這些話何必說呢？各有各的環境，各有各的際遇——燕生回想到幾年前寫過的一篇社論，比較海峽兩岸的經濟制度。事情已經太明顯，比不比，倒不重要了。

三民主義一定打倒共產主義，仁者無敵，暴政必亡，這樣那樣，此刻看來似乎也都不那麼莊嚴偉大了。中國人，億萬的中國人，無論經歷了多少痛苦和折磨，總得繼續活下去，勇敢地活下去。這才是唯一要緊的事。

之遙靠在躺椅上抽菸斗，很嗆的味道。他又在講老笑話，一次在五七幹校，悶得無聊去抓田雞，幾個人偷偷摸摸、慌慌張張，在田頭上挖了坑，在裡面燒乾草和枯枝，用不知從哪兒撿來的洋鐵罐子，埋鍋造飯的架勢。鐵罐子裡燒水，把田雞丟進去燒，「大概總是程序不對吧，挨過刀的田雞，居然從罐子裡跳出來，險點兒把我的鼻子都燙起了泡。」

還有一年，餓得眼睛冒金星，到處買不到東西吃，只有一家小店的貨架上，擺著幾盒「調經丸」，不知已擺了多少年，包裝紙泛黃，丸藥也變得不黃不紅、潮陰陰的怪顏色。可是，幾個大男人就那樣分分，隔幾個鐘頭嚼一片，「沒有餓死，恐怕真得感激調經丸。」

這不是笑話，而是親身的經歷。事後固然覺得荒唐可笑，然而，在當時，都是事關生死的大事。

之遙緩緩地講，沒有憤怒，沒有憂傷，他臉上皺紋裡隱伏著一種逆來順受的「心平氣和」。

　　燕生沒有插一句嘴，問一個字。他知道，此刻他能給他們的最好的安慰，就是靜靜地聽著，不要生氣，不要驚奇，更不可表示憐憫與同情。

　　丹琳起初默默旁聽，她為之遙掖好了毛氈的一角，為他換一杯熱茶，溫柔地注視著他，忽然，無聲地哭了起來。

19

　　雖然經過了那麼多的坎坷，像三年大饑荒，「三面紅旗」——燕生沒有太搞得清楚，丹琳他們提起「三面紅旗」來，比在臺灣聽到颱風地震更可怕；有好幾千萬人餓死了，但絕大多數是在農村裡。城市裡再怎麼苦，求生的路道畢竟還是多幾條。「調經丸當飯吃是天大的笑話，可是，在鄉下，連草根樹皮觀音土都掏摸完了，哪兒會有調經丸來救命！」

　　「挨餓好難挨啊，要挨過餓的人才真了解，一個人的身體就是他自己最厲害的仇人。」之遙拍拍肚子，「好像這裡頭有一張大嘴巴，不分晝夜地咀嚼，沒有牙齒的大嘴巴，像是一套齒輪，一副磨盤，磨啊磨的，把五臟六腑都磨碎了，把一個人都掏空了，真讓人不想活下去。」

　　更恐怖的經驗，與生理上的飢餓無關，「你們在外頭，也聽說了不少關於『史無前例的文化大革命』的消息吧?」

燕生點點頭,「報紙上、電視上,很多很多。後來也碰到過一些受過折騰、逃到海外的受難者。四人幫倒臺之後,我在臺北還見過幾個『昔日剃頭者,人亦剃其頭』的紅衛兵。嚴家其寫的那本《文革十年史》,臺北到處都有得賣,我也翻過兩遍。」

之遙閉上眼睛,不知是沉思,還是為了忍住眼淚,「那十年,不知冤枉整死了多少人。我們倆,」他把丹琳的手搖一搖,「因為先已經劃了右派,反而倒躲過了正對面的衝擊,不然的話,命都難保了。」

為甚麼呢?我不懂。

二十歲剛出頭。你就遍讀了馬克思、列寧那些大部頭書,從《資本論》到甚麼《哥達綱領批判》。你不是隨風飄舞的機會主義者,你是真誠的——不管是出於睿智還是出於無知——狂熱信徒。

你曾是地下黨的重要幹部,學運圈裡的領袖;你曾為中共的勝利,立下了汗馬功勞。

在個人生活方面,你以一個苦行僧般的刻苦自勵,不搞特權,不當跨在人民頭上的「紅貴族」。

為甚麼在克服了千險萬難,中共得了天下之後,像你這樣又紅又專的優秀同志,會跟「階級敵人」同樣被整肅、被鬥爭？甚至於鬥得更慘？

為甚麼忠心耿耿的人，會落到這樣的下場？

這些疑問早已伏在燕生的心裡；然而，在這老友闊別重逢的場合，他怎麼問得出口？那未免太傷人了！

他不問，之遙也不說。從之遙跟丹琳口中能聽得到的，只是「以前種種」的經過，沒有「原因」。

「現在可不同了，甚麼話都可以拿出來講。」他們倆都一再這樣保證，好像也是為了使他們自己安心，噩夢終於過去，自由歲月已經降臨。

但，「原因」還是不能細說。

燕生暗自忖度，也許他們不忍、不肯去分析，分析得太透澈，不免有得到那樣的結論：「種瓜得瓜，種豆得豆」。誰要你們當年那樣迷信共產黨呢？

燕生始終沒有提過這樣的話頭，倒是丹琳自己慨嘆：「四十年一場大夢，現在總算夢醒了，但我們這一輩子也差不多了。」

燕生當然更不能講，如果當初你們聽我的勸，一塊兒結伴到臺灣，豈不是——不能講，更不能講。四十年後的「後悔」，是能把人壓死、毒死的。往事不堪回首，那就不必回顧了吧。

不談過去，談談未來好嗎？

可是，我們都已經沒有多少未來。好的壞的，一生這樣走過，前面的景物朦朧，好處是不必盤算得太清楚。

孩子呢？孩子也長大了，成了另一個世界。

「元元怎麼樣？」丹琳問，「他是叫元元嗎？」

那還是多少年前的舊話，丹美跟妹妹之間的悄悄話，她說她喜歡平平穩穩的生活，挽著菜籃上市場去買小菜，精打細算地還還價。在廚房裡燒兩碟很好吃的小菜，看看丈夫和兒子狼吞虎嚥。她喜歡兒子，她說她希望生兩個兒子，一個女兒，她連名字都想好，叫元元，方方，細細。最小的細細當然是女兒，大兒子應該叫元元，有一股氣壯山河、天地圓滿的味道。

「妳還記得那麼清楚，」燕生一談到唯一的兒子，有些自傲，也有些感慨。「我們就只有他一個，三十多年了。從小念書倒知道用功，身體也滿不錯，比我還高得多。」

「現在在幹甚麼？結婚了吧！」

「他學的是生化，大學畢業之後去了美國。臺灣那些年成了一股風潮，要深造就得出國。幸好他的學科都挺好，一出門就有獎學金，要不然我們怎麼供得起。他念的那一行跟醫學有關，我搞不太清楚，好像醫院裡、大學裡，對他都滿器重。事情作得很順。」

「三十出頭，立業之後該成家了。」之遙說。

「丹美跟我當然都盼望他早點兒找妥對象。他媽媽希望最好還是找個中國女孩兒。他交往過一個女同學，好像是德裔美人，一度走得滿近，有點兒像了。可惜，還沒等到他媽媽說贊成，他們又搞吹了。從那以後，這件事就懸在那兒，他自己不急，我們也不好多問。」

「他會回臺灣嗎？還是到大陸來看看？」

「我不太懂他將來究竟怎麼樣打算。臺灣回去只是度假，打個轉就走。大陸他幾年前來過一次，到了北京和上海。他有次跟他媽媽說，他最大的志願是到非洲去，作一個二十一世紀的史懷哲，到最窮苦的地方為最窮苦的人去服務。我簡直不明白他一腦門子想的是些甚麼。」

「非洲的史懷哲？幹嘛？這是？臺灣長大的孩子們都是這麼理想主義嗎？」

「最初他這樣講，丹美跟我都以為只是說說，沒有太把他當真。最近幾年不同了，他抓住機會就往非洲跑，已經去過四五次，他還到各處去募捐，找錢，找人，找器材，他要在非洲開一家綜合醫院。丹美一提起來就恨得牙癢癢，怪他把我們的孫子都耽誤了。」

「真想不到……」丹琳說，她望著之遙，有甚麼話要說又不好說。

「記得我們當年，隨便哪一個，男的女的，強的弱的，有志氣無志氣，至不濟的想法也是要救中國，要為中國人幹點事業，要抵抗日本鬼子，不能當亡國奴。現在，」燕生長嘆一聲，他這些話很久很久都找不到對象來說。「這一代的青年人，搞不懂他們要幹甚麼。中國人自己的事，他們甩在一邊，生死存亡都可以不論，他們要救世界，要去到非洲的叢林裡給那些餓得像人燈一樣的孤兒看病。」

「他們屬於天下一家的一代，他們的理想比我們更高，也說不一定。你以為你是他老子，就可以判斷他嗎？」

之遙的口氣，很令燕生意外。「別忘了，我們是經九一八事變、七七事變那種年頭兒長大的。生存從來不是容易的事。學著求生存，記得不？唯一的道路，就是尊嚴而勇敢地站起來，與國家共存亡。我們學習悲天憫人的機會很少很少——我們可憐自己都來不及。」

「說得好，」之遙止不住拍掌大笑。「我不了解臺灣長大的孩子們怎麼樣想法；我知道，我們這一邊的青年人，從南到北，都一個樣，他們都把人生看穿。很多人成了社會主義社會裡的個人主義者，像胡適最愛引用的易卜生的那句名言：『這世界好比一艘沉船。每個人最重要的任務，就是先救救他自己。』這話以前我很看不起，現在年紀到了，火候到了，這才洞悉其中三昧——這是另一層次的悲天憫人。過去被那些英雄豪傑們騙得團團轉，一旦覺醒過來，就對甚麼也都不能相信、不肯相信。」之遙越說聲調越激昂起來。

丹琳輕輕地噓了一聲，「夜已經很深了，你別那麼大嗓門兒。」

「我是想解釋給他聽，為甚麼大家都說現在的年輕人會有『信仰危機』這種毛病。其實，」他拍拍自己的腿，那一條圓滾滾的好像沒有甚麼知覺的腿，「這並不光是他們的危機，而是我們大家夥兒共有的危機。」

燕生沉默無語，他感覺得到，如果再說下去，他們唯有抱頭痛哭——為這個荒謬錯亂的世界痛哭一場。

從狂熱到冰冷，從「信之無疑」到甚麼也不再相信，這樣破滅的過程，比起說一聲「我好悔也」要沉重多多。

他完全變了，燕生面對著之遙，那同字臉型與隆鼻闊嘴，依稀是少年時的風貌，但性格全然不同了。他不再是那個豪邁爽朗、敢作敢為的漢子，天生的領袖型人物；而成了酸溜溜的「反諷式」的一個糟老頭子。滿懷著憤憤不平和無可奈何的牢騷。

「你別說，他們想得開，未必就是不好，」之遙似乎在安慰燕生，「像我們，信仰、信仰，現在想想，豈不都是鑽牛角尖？以前的雄圖壯志，煌煌大言，事後對比起來，簡直是一場笑話。推倒了三座大山？被壓迫的人民翻身？謊言，全是謊言！翻身是翻身了，翻過來倒過去，人民只有越翻越苦，越翻越窮。四十年關起門來搞建設，搞到今日，打開門看看，我們比誰都不如。」

住在家裡，他們哪兒都沒去，一連幾天談來談去都是這些話題。之遙跟丹琳同樣有興趣的是，「臺灣究竟怎麼會搞得那樣起勁？老百姓的生活過得那樣好？」

「其實也並不都是好，起起伏伏，也有許多周折，不過——」燕生講了一些臺灣經驗，土地怎麼改革、農業怎樣支援工業、對外貿易怎麼發展起來的——「最最要緊的，大概就是自由。讓每一個人的聰明才智都能充分發揮，自求多福，這就行了。咱們中國人本來就是挺優秀、挺有辦法的呀！」

「可是，我們這邊，」丹琳苦笑說，「再好的聰明才智，禁不住派到山窪子裡去修理地球，有力也無處使。糟蹋了人才，也糟蹋了寶貴的時間。」

20

有天晚上，丹琳從床底下的箱子裡翻出一本舊舊的照相簿。她把燕生剛帶來的一家三口的合影和丹美的近照，都貼了上去。「你看，這些年甚麼東西都丟光了，好不容易就保存下這麼一本東西。」

燕生一直想要問又不敢問的一句話是：「你們有沒有孩子？」

相簿裡有兩張舊照，照相館裡換著布景的那一種，所以說不出一定是在甚麼地方。之遙跟丹琳都穿著簇新的制服，中間站著一個十來歲的男孩，濃眉大眼，有一股英氣。

「這孩子是？」燕生無可無不可地信口問問。他並沒說是不是你們的孩子。在那幾十張照片裡，他就只出現兩次，像是一個沒有「前因後果」的影子。

「他不是，不是我們的。」丹琳說，「我們結婚頭一年，生過一個男孩子，生活不安定，不到一歲就死了。第二次懷孕，之遙就被關起來，我成天奔走，心裡又急又氣，不小心流產了。醫生說，情況很不好，以後不能再生。我們也就認了。」

「大人自己都不想活，要孩子幹甚麼？」之遙補了一句。

「你還記得徐中忱徐老師嗎？」丹琳手捧著相簿問。

「當然記得。那一年，要不是他指導策劃，我們到不了大後方。」燕生回憶著，「我們一起離開北平，他因為老母親生病沒有走得成，後來就沒有消息了。」

「他一直沒走，想走走不成。日本人投降了，他在大學的體育系當講師。那年頭國民黨搞得很奇怪，大學是『偽』大學，教師也成了『偽』教師。徐老師忍氣吞聲混了幾年，後來到上海，聽說是改行作生意，賺不到錢，又找人幫忙塞進一個大衙門裡，做個芝麻綠豆官，受各種窩囊氣。心裡不服帖，天天盼『天亮』。」之遙說，「那時我也在上海，所以走得很近，也滿談得來。」

「他現在還在上海？」

之遙且不忙回答這句話，只說：「全國解放之後，他興沖沖回到北京來，結了婚，換了工作，一切都很順利。每次接到信，都是一大套勉勵的話，就像當年下場賽球之前那樣給我們打氣。國內體育界人才不多，他回到了大學，成了體育系裡的名牌老師。你記得，他不光是運動場上樣樣來得，學科也很有根柢，英文呱呱叫。體育界對外的會議，那些年常常要有他出場壓陣。」

「論年齡，徐老師已經退休了吧？」

「唉，不必談了。徐老師自己覺得背景不夠強，作事不能不特別賣力氣。樣式樣兒的，都得老尺加一的講究公平公道。吃苦受累走在前頭。饒是這樣，還有人說他愛出鋒頭，小布爾喬亞惡習氣。後來文革一起，天翻地覆，你不是特別加油嗎？你不是一路上頭角崢嶸，到處受人誇獎嗎？好，就要鎗打你這隻出頭鳥。好傢伙，說是漢奸、奸商，又是國民黨特務，走資崇洋，想得出來的罪名，一個一個砸在他的頭上。」

「就沒有人出來替他講句話？」

「那年頭兒，誰敢？講得上話的人自身都難保。」之遙揉揉眼睛，「我還記得，農曆七月十五日前一天晚上，徐老師的鄰居來送信，說他『不好了』。我以為他又心臟病犯了，趕到他的住處，才知道他在廁所裡上了吊。」

北方民間有那種傳說，吊死鬼不得超生，除非他能拉到一個替身。照當時的規定，不管甚麼原因，一個人自殺都是犯了罪。是逃避他應該負的責任。

「那樣的年頭兒，自殺跟被殺，其實沒有甚麼分別。」之遙說，「劊子手都是一個。我當時沒有自殺——我試過，但沒有成功——沒有死成，只能說是意外。意外地沒有死於意外。」

「這個孩子叫徐剛。自小他父母就離婚了，徐老師這樣一走，徐剛成了孤兒。徐老師臨死甚麼也沒交代，甚麼也沒留下，就這麼一點點骨血，我們不管就沒有人管了。」

「我們自己沒孩子，也不想再要孩子。徐剛跟我們住在一起，那幾年，比別人家父母兒女還要親。他很懂事，很大氣，言談舉止，都像他父親。那脾氣扭扭的，也像徐老師。」丹琳提到他，臉上煥發著母性的光彩。「他比你們元元小，書怕是沒有元元念得好。」

「元元不過是機會巧一點兒。徐剛現在做事了嗎？」

「他在大學裡念研究所，念物理。可是，他喜歡在外頭跑跑，插手很多事情，辦刊物，寫文章，愛搞這些事情，意見挺多的。」之遙挺直了身子，鄭重其事地說，「燕生，你這次來北京，是我們最開心的一件事。你問我可以為我作些甚麼，我們是心無大志，安度餘年，甚麼想望也沒有了。不過，我求你，」他抿著厚厚的嘴唇，好像是斟酌再三，不得不說，「我請你們在外頭想個法子，幫助徐剛到外國去。開放改革，總得請教專家，就算是西天取經吧，徐剛夠那個材料。再說，讓他出去開拓開拓心胸，換換腦筋——老實說，他再不走，我們都擔心有一天他會出事情。」

「這孩子實在很可愛，而且，」丹琳說，「如果他能有機會多學學，能找到他自己的一片天空，徐老師天上有知，一定也是感激的。」

燕生是謹慎持重的人；但是，話說到這一步，他沒有遲疑的餘地，「我回臺灣後試試看，」又說：「也許有機會我該先跟徐剛談談。」

丹琳朝著之遙說：「這孩子近來老是不露面，一說就是學校裡好忙好忙。我去找找他好不好？」

「學校裡找人不容易，妳打個電話給那位方老師吧。託他轉個話兒，就說我們有要緊事找他，叫他回家來。」之遙特別跟燕生解釋，「他們系裡的方教授，就是天體物理學者方勵之，那個人不但是頭腦清楚，也很有膽識，肯講話。徐剛跟同學們對於方老師都服帖得不得了。」

可是，一直等了好幾天，都沒有看到徐剛的面。燕生的歸期到了。「來過這麼一趟就好了，下次我可以和丹美一起回來。」

「可惜我這個腰腿不頂用了。要不然倒真想到臺灣去開開眼。」

「看了你恐怕會失望，到處都亂得要命，擠得要命。」燕生好像一個生了一大群娃娃的母親，嘴裡說這些孩子們多麼調皮，心裡其實很得意。他一直都在想，作為一國首都，臺北的氣派完全不能和北平比；但是，小小的臺北卻有那麼一股興旺氣象，精力瀰滿，禁不住要跳跳蹦蹦，北平、或大陸上任何一個城市，似乎都缺少這股青春活力。

來的時候，近鄉情怯，走的時候，又有另外一種情怯——我以後真的還會回來嗎？究竟海峽的哪一邊才是我永久歸屬的家鄉？

燕生跟之遙握別時，兩人都說：「希望很快再看到你。」可是，兩個人心中同樣感到疑惑，四十年的分隔與嚮往，被這短短幾天的聚首拉了回來，彷彿是午夜驚醒的一場斷夢，但又不像夢境那樣迷離；而是具體的、真實的、摸觸得到卻又似遙不可及。還能很快再看到嗎？不知道。

在機場，燕生向送行的丹琳揮別，他看到丹琳癡立在那兒擦眼淚。他自己也覺得兩眼模糊起來。

為了這座千年不壞的古城，為了這城裡的善良子民，無數生靈。

21

雖然只不過是一天的航程，回到臺北，已經是讓人淋漓汗下的盛夏。回到家，除了熱得要開冷氣之外，好像沒有甚麼不同，就跟他從來沒有離開一樣。北平、大陸，的確是另一個遙遠的世界，在現實裡並不存在的、虛無縹緲的世界。

把在北平那幾天的見聞一一告訴丹美，本來以為可以講好幾天，事實上，三言兩語就講完——本來也沒有多少好講的。

只有徐剛的事，「我們當然應該幫幫他的忙。我原想跟他當面談談，問問他自己有甚麼計畫，可是他一直沒回家，這孩子夠擰的。」

再過幾天，天氣更熱了。隔著海峽，北平傳來種種令人興奮、也使人不安的消息，學生們聚集在一起，示威遊行，拉著隊伍上了街。

然後是霹靂一聲，腥風血雨的天安門……

要爆發的，終於爆發。

燕生夫婦跟臺灣的每一個人一樣，懷著忐忑不安的心，注視著對岸的發展，報紙上、電視上、廣播裡，帶來了許許多多驚心動魄的消息。

鎗彈射在青年們的身上。

坦克車輾過了青年們的軀體。

自由女神像在一彈指之間被推倒、被擊碎。

千千萬萬人的心都碎了。

許多人抗議、支援，採取了各式各樣的行動。

燕生和丹美只是靜靜守候，他們甚至不敢再寫信，「不知道這一回大風波之後，會不會又來一場大翻案？」

燕生記得丹琳告訴他的經驗，「以前有海外關係的人，搞不好就會要命。」

好幾個月之後，局勢稍稍平靜了，這才接到之遙的消息。

「……前託剛兒之事，可暫不談。此子性情執拗，與人多難相處，我已送他回舅母處住一時再作打算……」

「糟了，丹美，妳看，」燕生一面把信唸了一遍，一面解釋說：「送到舅母處，就是關在監牢裡。還算好，如果說去外祖母處幫忙，那就是沒有命了。」

徐剛想必是為了天安門血案而被捕的。之遙沒有明說，也無需說了。

「……近時頗讀佛家教典與天主教《聖經》。殆亦古人所謂『晚來唯好道』之意也。人事擾擾，俗務紛紛。跳脫塵網勞形之上策，唯有放寬心境，一意向前而已。

「頃讀〈路加福音〉，重有所感。耶穌將遇難昇天之前，眾人追隨前往耶路撒冷。有一人曰：『主，我必跟隨你，但請許我先去辭別家人。』耶穌答曰：『手扶著犁杖向後看的人，不能進上帝之國。』以往種種，譬如昨日死。悔之已遲，怨之無助。愚夫婦拳拳寸衷，即本此『向前看』的精神，為中國人的新生再起，盡最後的一分棉薄。得失成敗，不足計也。」

這短短的幾頁信紙，燕生和丹美不知讀了多少遍，也不記得討論了多少遍。究竟他們倆在這寥寥數語中要表達的主旨是甚麼呢？

很多的解釋，但沒有一個敢說是正確無疑的答案。

「手扶著犁杖向後看的人，不能進上帝之國。」

所以，唯有向前看，背負著過去的重負，忍受著無名的屈辱，不要回頭，不要瞻徇，抬起頭來，勇敢地向前邁進——向前看的人。

燕生憑窗眺望，街上的木棉花早已謝去，一層層闊大厚實的綠葉，迎風擺動，在熾熱的驕陽下。

滿街都是人，匆忙來去，他們都在向前看嗎？

也許不是。並不是每一個人都在嚮往上帝之國。

但是，一想到有人那樣堅決地、貞靜地、懷著一個理想活下去，他便覺得興奮無已。

中國，應該是有希望的。向前看……

一九九二年夏

微塵

應是諸天觀下界
一微塵內鬥英雄

白居易〈禽蟲十二章〉(其七)

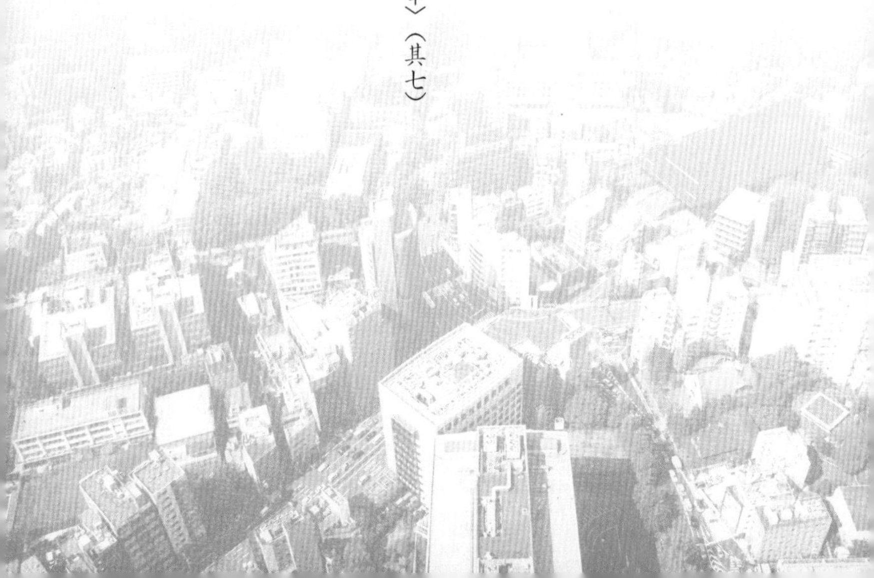

某年某月某一天，也許是剛剛過去的過去，也許是馬上就要到來的未來。時間是，從早上九點到下午五點之間的任何一段。也許接近下午五點比較好，下班的時候，快要下班的時候，或者是許多下班的人剛剛都已經走光了的時候。

地球上的某一個點，一座城市，麕集著幾百萬人，忙忙碌碌，無數的點與線的交叉，織成了一面其大無外的塵網。然而，它仍然只是一個小小的黑點，在這小小的星球上。

地理位置和經緯度都不重要。反正有這麼一個小點存在，存在於某一個空間。倫敦？紐約？東京？巴黎？都有可能。

莫斯科？西柏林？不大像。

可以確定的是，不是在臺北或高雄。

也不是在北平、天津或上海。

對，可以這麼說，是在一個中間地帶，那種極其繁忙而又極其孤寂的地方，人們稱之為現代化大都市。

這座摩天大樓，森然巍立。即使在現代化的鋼筋混凝土和玻璃造成的叢林中，它仍具有一柱擎天的威儀。歷史上的阿房宮，「覆壓三百餘里，隔離天日」。把那鋪展在三百餘里平面上的樓閣亭臺，都攏在一起，大概就會有這麼高，這麼大。這座樓常年不見天日，不分寒暑

——裡面的照明和中央空氣調節系統，創造了另一個人工宇宙。在那「蜂房水渦，矗不知乎幾千萬落」的大大小小房間裡，人們呼吸、談笑、走動、工作、思想——大部分時間並不需要甚麼思想；分工合作，勾心鬥角。這就是生活，在擁擠而又孤淒之中。也許會被認為是很神聖的、嚴肅得不得了的生活，「我們在上班呀！」頗為嚴重的樣子——而其實大部分是極其無趣的、反反覆覆的雞毛蒜皮。

1

他匆匆忙忙走出他的辦公室。燈已關掉，門也鎖好，不需要說再見，房間裡本來沒有別的人。獨來獨往，在這兒已經消磨了十年歲月。真快，要不是那個主管人事的副總經理送給他一張卡片，還有一瓶酒，連他自己也記不起來了。十年？真可怕！

「千里一身鳧泛泛，十年萬事海茫茫。」

身在夷狄之邦，舉目所及，但見異類。他們——包括那個對東方人還算厚道，跟他特別有交情的副總經理在內，可知道甚麼是「鳧」？說不清楚的。當然，他們也就不會懂得他這種泛泛茫茫的，落花飄零一般的惆悵心情。

所以，不必說。

而他們給他加了薪，晉了級，「一分耕耘，一分收穫」。他幫公司裡賺了錢，公司待他也算不薄。用不著往太深的地方去琢磨，人跟人之間，說來說去，不過如此。如他常常自嘲的，他只是這大廈中的微塵，多一個不多，少一個也不少。電腦傳送資料裡的一個號碼。一隻離家不止千里、誰也不知道更無意去打聽他從何而來的「鳧」。

到底甚麼是「鳧」？一種不怎麼漂亮，有點兒笨兮兮的水鳥？他也說不清楚，管它呢。一切屬於中國的都很遙遠，陸放翁很遙遠，「鳧」也很遙遠。

走廊裡的燈光耀眼，誰記得「節約能源」？

他奔向電梯，抱著那瓶酒，今晚一個人消受吧。「已邀風月成三友，聊對湖山倒百尊。」從住的小樓憑窗眺望，湖山是沒有的；月亮總還看得見。冰箱裡有電視盤餐，電爐上熱一下，杯中有酒，喝它個一百尊。

等酒喝夠了，再給老娘寫封信，解釋解釋為甚麼今年又不結婚。

「記得我兒出國那年，你的好友宏基就和王小姐結婚了。他們現在已有三個兒女，最大的一個已經西門國小四年級了。上個月全家來看我，那孩子還唱了一段『梅花梅花滿天下』，真是愛人……」

媽媽的意思再明顯也沒有，他當然都懂，甚麼時候才能結婚生子，讓媽媽含飴弄孫，以慰老懷？他回答不出來。

梅花梅花滿天下。滿天下如果都是像我這麼的「微塵」又有甚麼意思？他知道，這樣的道理，老太太是不會接受的，尤其是中國的老太太，住在臺北的老太太。

快，指示燈亮了，電梯門開了，他趕緊跑幾步趕上前去，不是為爭這幾分鐘，而是因為他有點兒迷信，一步順，步步順，他不喜歡等。雖然那大樓裡電梯有一大排。

電梯裡也很亮，比走廊的燈光還亮。那電梯很大，像一間小房間，四面八方都是光潔的不銹鋼，好像上上下下要走一千年的樣子。一種森然的、孤絕的、「現代化」的象徵。

角落處，站著一個女孩子，也許是一個女人。看模樣是一個東方女性。是日本「三世」？是越南「船民」？都不太像。也許是我們黑頭髮、黑眼睛、黃皮膚的「龍的傳人」？以前穿過「郵差綠」的制服，留過鴨尾式的短髮，後來住過「杜鵑城」，挾著幾本洋裝書昂視闊步在傅園的鐘聲裡？也不大像；說不出甚麼原因，就是不像。

她來到這兒大概不過一年，最多不會到兩年。他看得出來，從她的髮式、衣服、鞋襪（小腿上的襪子為甚麼會皺皺的呢？）和一些小配件上，都看得出來。尤其是她站在那角落裡，畏縮、猶疑、而又落寞的神情。

她抱著一個黑色的長長的盒子，腳邊擺著一個甚麼航空公司的旅行包，看樣子裡面裝的是書，也許是樂譜。

乘坐這大廈裡的電梯，上上下下，他有上十年的經驗。每次走進電梯時，臉上都預備好了現成的笑容，「同船過渡，五百年的因緣」。中國人的老話兒：待人要溫和、要開朗，要表現泱泱大國的君子風度。記不得是哪一位老師說過的，經驗已經成了習慣。像那些大百貨公司聖誕節前包紮好了的廉價品，是現成的、制式的、隨你要不要。

電梯門在背後關上，他就那樣微笑著點點頭，向她說，又彷彿不是特別對她說：「嗨。」她沒有點頭，沒有笑，更沒有說「嗨」。她不是不會，只是沒有那種習慣。完全沒有反應，就像不銹鋼。

她唯一的反應，是把懷中那黑黑的、長長的盒子抱得更緊一點。大概是出於下意識的自衛的本能。

他有點兒窘，故意不看她，但又止不住從眼角去瞄幾眼。她皺皺眉，也許覺察到一個陌生人那樣打量她。她的眼睛仍然注視著電梯門口，越過他的肩頭，似乎望得很遠很遠，心不在焉的樣子。

他不止一次計算過，從這層樓到底層的出口處，如果中途不停，只要三十三秒鐘，三十三秒鐘的沉默是容易的事。雖然有人特別喜歡在電梯裡聊天，三十三秒鐘也不放過，他可是沒有那種習慣；他的習慣只是「嗨」那麼一聲，不得已的「友好」的姿態。

三十三秒鐘之後，各人有各人的天涯。並不是塵網中的每一個點、每一根線都會交叉。

偏偏就在這一剎那，頭頂上的燈光突然黯了下來。像舞臺上「幕急落」那樣子，隨即一片漆黑，原是像飛機降落的電梯，中途不動了。不知從何處傳來一陣金屬摩擦的、搖搖曳曳的聲音。像老人的一聲嘆息，在沉沉的黑暗之中。

2

她忽然覺得好怕，沒有光亮，沒有聲音，從來沒有見過面而向她說「嗨」的一個陌生人。無名的恐懼。就像這電梯，毫無理由地懸在半空中。

她這樣害怕，並不是從那一剎那開始的，其實，她一生都像是活在這種無名的恐懼裡，一切的計畫都可能突然中止，一切的夢想都可能轉眼成空。照理說，經歷過那麼多驚濤駭浪，她應該不再害怕；那些野火燒天般的記憶，在睡夢中也會一再重現。

而她總是不由自主地猜測著、期待著，唯有最壞的事情才會真的發生，如果萬幸有一件好事，必然跟上來就是不止一件的壞事，一下子又把她打到谷底。像不知從何處而來的巨浪，沒有解釋，無從抗拒。而她便一次又一次地體會到自己的渺小與無助。

她曾告訴妮莉：「正因為我是這麼渺小無助的一根小草，我才不會沉沒；沉下去，還會再浮起來。但我沒有力量也沒有勇氣抗拒，而只是隨波逐流。」

記得妮莉當時很嚴肅地對她說：「妳真是一個無可救藥的悲觀主義者。」

來到這個國家，轉眼一年多了，準確地說，是一年三個月零十三天。妮莉是她在這兒——也許是在任何地方，唯一可以盡吐肺腑的朋友。

初來時，學校裡有專為外國學生而設的語文班，第一堂課，她就喜歡上那個年輕的女老師。親切、爽朗、熱心；講課時很富於幽默感，喜歡把各種名流和當前時事作為她嘲諷笑謔的題材。她改正學生的發音或文法錯誤時，從不使他們發窘。她沒有那種自以為高人一等的驕氣。

這位老師就是妮莉。過了一陣子，她才知道，妮莉是念語言學博士學位的候選人，難怪她的發音那麼悅耳，用字又那麼考究而生動，而且年輕，渾身都是勁。

最使她感到放心的是，妮莉是黑人。在她的分類中，妮莉屬於所謂「被侮辱的與被損害的」——在閒談中無意發現，她倆都喜歡杜斯托耶夫斯基。在資產階級壟斷一切的社會裡，黑人當然應該怨憤不平。

果然不錯，妮莉在一九七〇年代中期，是急進派的學生領袖，她長於論辯，勇於行動，從「靜坐」抗議到示威遊行，甚至於占領行政大樓，劫持教授和校長，砸爛實驗室，辦地下刊物，焚燒電腦，樣樣都是行家。妮莉自己說，她不是「黑豹黨」，不是「赤軍連」，而只是要「努力爭取我們所應該得到的那一份兒」。

當她們相識時，妮莉大概已經進入了「退潮期」。專心作一些「於己於人真正有意義的工作」，不復醉心於狂飆暴雨般的「革命行動」。

她對妮莉的了解，是斷斷續續的印象。一位領導同志一年多以前就告訴她說：「這個人妳可以和她交往，她不會有甚麼問題。」彷彿這就蓋了檢查通過的標誌。

從某方面說，妮莉的確沒有甚麼問題。「急進」的火花並沒有完全熄滅；但是根據她自己所接受的理論教導，像妮莉這樣的人，充其量也只是一個「烏托邦式的社會主義的傾慕者」；「資產階級自由化」的流毒還是很深。

記得有一回，學校裡辦一個甚麼晚會，妮莉帶了她去。那晚上，妮莉竟換上了一套新裝：淺玫瑰紅色的薄毛呢料子的洋裝，淺玫瑰色的手提包和高跟鞋，淺玫瑰色的唇膏。她的皮膚是亮晶晶的深棕色，頭髮是無可形容的濃而黑。她的那一身打扮，初看時給人一種俗豔逼人的感覺；然而，那種亮麗、潑辣之外，更使人時時感受到那種「敢作敢為」的生命力。有人說，她真是「性格」。

她喜歡妮莉，就為了這「性格」嗎？還是下意識地羨慕那一身豔麗的衣裳，以及那淡玫瑰色裡代表著的反抗意識與自由呢？她不去深思——也許正是她連對自己也不敢承認的一種念頭。

妮莉生活在自由天地之中，而且勇於享受自由。

她想說，妮莉的自由是一種墮落，「資產階級自由化」必然會產生的腐化和墮落——女人的「商品化」，愛打扮就是證據之一。

然而，口問心，心問口，她自己何嘗不羨慕這種腐化和墮落？

是誰說過的？「墮落的天使」。她毋寧也希望自己有這樣墮落的機會和自由。不！不只是機會，而是「敢作敢為」的那股生氣。

頭幾天，妮莉在電話上告訴她這個新地址。甚麼甚麼街，甚麼甚麼大廈，第多少多少層，甚麼甚麼公司；公司裡的某一個房間，某一個角落。

我在這兒是兼差性質，妮莉說，為的只是賺點外快。事情不算忙，但到了時候我就得坐在那兒。

地方是找對了，乘地下鐵，某某站下車，再乘一段公共汽車，轉幾個彎。大廈不難找，那公司、那些房間、那間小房間裡的角落也都找到了。然而，妮莉卻不在。

為甚麼妮莉不在？沒有答案，那些人都在各自忙著自己的事。這世界上，許多大大小小的意外，本來就沒有理由。

她只怪自己，如果那天先把時間約定了，就不至於撲空。但她當時又怎麼知道事情會這樣子急轉直下，出人意表？

就是那天晚上，「領導」通知她說——說了很長而且聽起來十分懇切的話。歸結起來，要點只有一個：「三天之內，離開此地，回家。」回去為人民服務，為祖國的「四化」服務。

對於凡是稱得上「領導」的人，多年以來她都存著一式的敬畏，不管他是男是女，是瘦是肥。所有「領導」的話，都和《人民日報》的社論一樣，不容辯駁，也不容置疑，「一貫正確」，至少在當天，沒有討價還價的餘地。

好，好，一定，三天以內。她嚴肅地一面點著頭，一面馴服地說——像一隻綿羊。

由於多年的習慣，沒有分辯，沒有質疑。不是原來規定我可以念兩年嗎？為甚麼要突然提前？我的論文還沒有交，我的學位本來預定——

那些都不是問題，她自己知道，所以不必問。「萬事莫如四化急」。「四化需要妳」，別的話都是白說。

「領導」還有一番話：「該清理的東西，該辦的手續，妳自己去弄弄好。」他講了一大篇「光榮的傳統」。從前，「八路軍剛進城的時候。」那些話，她已聽過很多遍，「人民的一針一線，一草一木，咱們都不能沾，來去要清白。現在是在外國，更要交代得清清楚楚，房租啦，水電費啦，這費那費啦，千萬不要拖泥帶水。」

她並沒有那些罣慮。她想得起來的只有那隻小提琴，妮莉的小提琴，還有樂譜。當初，妮莉是說過：「這些都送給妳，妳有空兒的時候可以拉拉，很好的消遣。」她推辭過，因為她不想要別人的東西，都是「身外之物」，要了又怎麼樣呢？這麼多年來，她沒有甚麼是真正屬於自己的東西。「我是一個真正的無產階級。」她是那麼沉靜地、帶著幾分自傲地對妮莉說：

「我甚麼都不需要。」

「我知道，這把琴雖不夠好，記不得從哪兒買來的二手貨。妳留著自己玩，反正我也沒有甚麼用了。」妮莉這麼說著，還建議她無妨在學校裡選小提琴的課。

她當然不會選。沒時間去作那些事情，她還記得「文革」期間，誰家裡若是有一隻小提琴，那就是「腐化墮落」的鐵證，那還得了？

於是，她請求「領導」，讓她把這隻小提琴和琴譜都還給原主，「就是那位黑小姐，您前回見過的。」

這樣，她才名正言順請准了假。路上花費了差不多兩個小時，找到這座大廈，她心裡熱烘烘的，一遍又一遍溫習著告別的話，要說得委婉而得體，要那麼淡淡然地，好像不怎麼當一回事似的。

「妮莉，我就要回國去了。因為他們說國內需要我……是的，一兩天就走。所以……這一年多來，謝謝妳對我的許多照顧和幫助，我會永遠永遠記著妳，以後——」

不必這樣吧，還有甚麼以後！以後，就會和以前一樣。像是一場噩夢。她不願多想。

剛才，她想要把提琴和琴譜都留下來，拜託那個有點兒像貓頭鷹似的戴眼鏡的中年男士，轉交給妮莉。但是，她沒有那樣作。她雖然來了一年多，還是怕用外國語言和陌生的外國人打交道。而且，在那旅行袋裡，還有一些別的東西——她自己的近乎日記一般的手稿，用鉛筆密密麻麻寫在藍格子的筆記簿上。其實也沒有甚麼不能見人的內容；起初只是為了練習使用外國文字，漸漸地成了一種習慣——用外國文字寫自己心裡的想法，只為給自己看的，這樣就不耽心會讓「他們」拿去作挑剔指摘的材料。

她想把這份小小的紀錄留給妮莉作臨別的紀念。那內容，她自己覺得，近乎巴金前不久發表的《隨想錄》，片片斷斷的那樣的東西。她當然比不上巴金，但是，說的都是真話。真話是不可以帶回去的，因為，她明白，她畢竟不是巴金。巴金可以「怨而不怒」地重述他的妻子如何被紅衛兵折磨而死的經過。她可不成，不怒也不成。

巴金有聲名、有地位，而且七老八十，沒有幾年可以再折騰的了。她卻甚麼也沒有。但前面也許還有很多年。如果作錯了事，說錯了話，往後的罪過可有得受。一個「公費留學生」算得了甚麼呢？

可嘆，茫茫天地之間，竟只有一個妮莉是她可以信託的人，不算深交，不是知己；然而，她知道，妮莉不會害她，妮莉不會對她翻臉無情，不會受了她的囑託再出賣她。

偏偏妮莉又找不到。而她只有這麼一點點時間了。

把它統統燒掉吧？也許不行，因為，回到住處，就不止是她一個人。自己偷偷地燒甚麼東西，那也是犯忌的事。她想到，回去的路上要經過一條河，撕碎了從橋上拋下去，對，這樣比較安全，「來是空言去絕蹤，月斜樓上五更鐘」。眼前的都是夢，一種非真實的、摸不著也抓不住的夢境。妮莉只是夢中人物，迷離而朦朧的影子。

挾著琴盒，提著旅行袋，她匆匆踏進空無一人的電梯。下去，下去。下了幾層，電梯停住，一個東方男人走了進來。普普通通的中年人，說不定還是個中國人，手裡抱著一瓶酒。很瀟灑的樣子，但是，在她看來，無非又是資產社會裡一個醉生夢死的標本。沒有目標，沒有意義，不知道為誰服務……

可是，她自己的「意義」又在哪兒呢？

她想到這兒，電梯忽然停住了，停在不知多高多高的黑暗裡。

她好怕。茫無端緒的怕，也不知道怕甚麼。這是她沒有想到過的「意外」，外國電梯也會出毛病的。會不會就這樣掉下去？以前好像沒聽說過……

3

黑暗。特別是因為剛才還有那麼強烈的燈光照在頂上，頓時熄滅了，就格外覺得像是被黑暗泡起來了那樣無可救藥的黑暗。

電梯停了，時間也就停頓在那兒。

燈光熄滅，不銹鋼的牆壁似乎正從四面八方壓下來，沉沉黑暗中分辨不出空間的界線和方位。

兩顆微塵，他想，莫名其妙地被禁錮在一個說不出方位的空間裡。

他當然並不怕。他一個人的時候，說不定倒也許會有點兒怕。出於男性的優越感，他知道，這是他義不容辭必須表現一番豪俠精神的時刻。男人總得像個男人，尤其是在一個女人的面前。

「不要緊，」他說，好像是安慰她，又像是自言自語，「這種事偶爾總會發生。他們馬上會修理好的。」他自己也不知道「他們」是指的誰，「他們」在甚麼地方。

她幽幽地嘆了一口氣，但沒有說甚麼。那人說的是外國語，十分流利，她說不了那麼好，但她聽得出來，有個水準。

在黑暗中等待，在沉默中等待。

他忽然想起來以前在甚麼雜誌上讀過的一篇文章，描寫現代人的孤絕感。說是有一個人在一座大廈裡上了幾十年的班，有一天，忽然被困在電梯裡。那人撥了救急電話。總機那邊傳來的是一個冰冷的聲音。「甚麼？你是誰？甚麼公司？你幹了二十六年？不對，沒有，我們名冊上沒有你這個人。對不起，再見。」

那篇文章說，這就是所謂現代人的普遍危機。他必須有某種身分，有某種聯繫，由此而得到別人的認可。但也不一定就靠得住。如果別人說——也許是一部效率奇高的電腦說：「我們的名冊上沒有你這個人。」那麼，你就不存在了。你就這麼孤零零地被懸掛在一個不知名的小小空間裡。你，並不存在；或者說，存在也等於並不存在。

我是誰——這是人類幾千萬年來追求探索的老問題，集合所有哲學家的智慧，提供了千百種不同的說法，但每一個都徘徊在似是而非之間，誰也說不準。

我是誰？她又是誰？真沒道理。

因為得不到回答，也聽不到她的聲音，他反而漸漸有點兒怕了。也不是真的怕，而是更多的迷惘，更深的懷疑，想起了像《聊齋誌異》裡的故事。說不定一下子燈來了，電梯動了，電梯裡卻只有他一個人。

「她」並沒有存在過，而是出於他自己的幻想。

兩種不同的恐怖。現代的與古典的，理智的與浪漫的。現代人的恐怖和鬼魅的恐怖，總之都是不可思議。

他摸索衣袋中的打火機，朗遜牌的，他很愛惜，總是帶在身上。打火機冒出了一朵火苗，幽幽的藍，亮麗的黃，微微跳躍著，劃破了黑暗，像杜子美的詩，「陰陽割昏曉」那樣子割開了一片黯影。

他摸那儀表板，沒有救急呼喚的電話。怎麼搞的？他明明記得就在那兒的呀。這時，無意中回頭來打量了她一眼，他希望她講一句話，隨便講句甚麼都好。

在那微弱的火苗映照之下，他依稀看得出，她微皺眉頭，小而薄的嘴唇緊緊地閉攏，好像生怕出一點兒聲音。她的眼睛盯著他手上的光芒。那雙眼睛清澈如寒泉，深深的，那裡邊似乎有太多的戒懼，像一隻小白兔遇到了敵人。

他倒並不像個壞人。她想。但在這座住了一年多仍然是陌生的大城裡，甚麼離奇的事都發生過。她聽過很多，為今之計，只有嚴陣以待，不要出聲，甚麼都不要說。

他終於找到了電梯裡的呼救電話，他大聲叫：「是的，關了兩個人。在第幾樓？我怎麼知道？也許是在二十六到二十三樓之間。是的。」

同樣的話，都講了好幾遍。可能那邊接電話的不止一個人。換著查問，拖延時間。據說救急守則上有這麼一條，要儘量安慰被困的人，安靜，安靜，不要慌、馬上就有人去修理。不過，現在是整個大廈都停電了。對了，外面也是一片漆黑。和電梯裡頭一樣……

他嘆了一口氣，罵了一句不登大雅的話，他用手搥打那冰冷的不銹鋼的門，明明知道這樣作於事無補。

打火機上的火苗熄了。又是黑暗、無明無告、無可形容的黑暗。

在黑暗中，不知道又等待了多久。太古洪荒，悠悠無極，沒有任何聲息，沒有任何變化。如果就這樣困守下去，他估計，氧氣遲早就會耗光，人就會昏倒。如果一直沒有人來搭救，他和她最後就會窒息而死，不明不白地死在這個沒有方位、沒有光亮的電梯間裡。

於是，他不期然想到以前的女孩子們——用「們」字不怎麼恰當；因為每次只有一個，每一個似乎都是獨一無二的，「在天願為比翼鳥，在地願為連理枝」。都曾有過「沒有了你，我怎麼還活得下去」的那種感覺。也都曾經有過「但願同年同月同日死」的悲涼誓言。可是，好過一陣子，到後來都為了這樣那樣的原因，淡淡地分手了，「事如春夢了無痕」。而現在，他卻和一個素昧平生的女人，死在同一個電梯裡，毫無因由，毫無道理，除了「偶然」之外。

如果說可怕，這才是最可怕而又荒謬的事。

「他們說，是因為這個地區停電，也許電梯本身也有毛病。已經派人出去查。」他說，儘量用沉穩平靜的口氣，「叫我們等一等，很快就會修好。」他對著黑暗，轉達剛才在電話中聽來的話，說不出是為了安慰她或者安慰自己。

「要我們等好久？」這是她說的第一句話。

「說不準的，只是說很快，要我們別心急。」

她沒有再答腔。這樣的答覆，她早已想到了；但她寧願聽到他再講一遍。那電話——是和外面世界唯一的聯繫，黑暗與光明之間唯一的一座橋，無形的橋。

黑暗裡的時間特別難挨，所以就特別長。又過了不知多麼久。

「請問小姐，妳也是在這大廈裡上班嗎？」他問。「我在上面一家公司裡，在三十三樓，」

他覺得不必提那家世界聞名的大公司的字號，怕她以為他跡近招搖。「我在這大廈裡工作了上十年，以前好像沒有見到過妳。」

她猶疑了一陣，沒有回答。她過去所受的教訓，她從殘酷的人生中吸收到的經驗，教會了她一件事：分析別人一言一行的動機，然後再決定自己採取甚麼反應。她太記得，有時候，譬如在那天翻地覆的「文化大革命」的時候，有的人會因為多說了一句不合時宜的話就被人活活打死。即使在「文革」結束了以後，隨便說話仍然是危險的事情。左派？右派？風派？投機分子？只要一句話、一件事，碰巧就會被人抓住了把柄。「每一句話都可以暴露一個人的階級本質。」是朋友還是敵人？別人把你定了罪，你卻無從知曉，沒有分辯的機會。

而她過去幸而能受到他們那些人的「信任」，或至少沒有把她打入萬劫不復的地步，就是由於她這一分小心謹慎，隱藏著自己真正的喜怒哀樂，順著「領導」的口氣和意旨，揣摩《人民日報》上冗長、拗口、用差不多的字句堆砌起來，實際上卻常常有天南地北、截然不同含義的文章。

如果我告訴他，我是來找朋友的，我的朋友不在辦公室，所以沒有見到。她想，這樣說，有甚麼不好嗎？但是，她又問自己，何必告訴他這些？我並不清楚他是甚麼人。完全沒有必要。「愛人如己」？那是教堂裡牧師們的陳詞濫調。她在這一年多期間，雖然偶爾也去過教堂，但只覺得那種地方和那些人，荒唐可笑。那些人講的那些道理，像是用糖果糕餅搭起來的《阿麗絲漫遊奇境記》，一堆甜甜蜜蜜的謊言。他們根本無從想像甚麼叫魔鬼，甚麼叫地獄。他們從來沒有見識過「鬥爭大會」，從來沒有碰到過某一些義正辭嚴而又隨時會顛倒黑白，「忠於黨、忠於人民、忠於馬列主義」的革命黨員。

她知道，用沉默來封閉自己，才是最安全的自衛方式。有時候，她為自己如此成功而自然地運用這種方式而沾沾自喜；但也有時候，為此而感到愧疚、悲哀。

她知道，「一貫正確」其實是一個錯誤跟著另一個錯誤，一場鬥爭接著另一場鬥爭；但她更明白，這是「歷史的法則」，個人無能為力。

不要輕信任何人，尤其是不應該暴露自己的心意。話，說得越少越好。即使在誰都看不見誰的茫茫黑暗之中。

4

漫無結果的等待，是難以忍耐的事。所以才可怕。

他又試著通了一次電話，答話的不是前一次那個「公事公辦」的聲音，而是一個比較年輕、比較熱情，但也格外手忙腳亂的回響，那人好像根本不知道電梯裡困住了人，或者是雖然已經知道，卻不曉得該如何處理是好。

他很氣憤，因此一改先前那種帶著哀告的、求援的口氣，而是嚴聲斥責：「你們這些人到底搞些甚麼？電梯裡有兩個人，對，大約是停在第二十六樓和二十三樓之間。壞了這麼久，為甚麼還修不好？這裡有一位女士，她已經昏倒，心臟病，可能是心臟病，很危急，明白嗎？很危急……」

放下了電話筒，他說：「對不起，我不能不扯個謊，讓他們趕快想想辦法。妳沒有甚麼吧？」

「我很好，我想我還能支持得下去。」她說完這句話，自己也覺得有點意外，那人會那樣一本正經地「唬」外國人，她覺得有趣，而且有點兒佩服他了。

「不知道還要等多久，」他說，「妳要是覺得累的話，可以坐下來，地上還算乾淨。」他知道後面這句話很無聊，表示一點兒「魚處涸轍，相濡以沫」的心意而已。

她沒有作聲，倒是接受了他的建議，把琴盒子靠在一旁，自己坐在那旅行袋上，坐著並不舒服，但換換姿勢，變變樣子，總是好事——我怎麼剛才都沒想到，站了那麼久，她抱怨自己過分緊張。

我們真像被關在籠子裡的小鳥，不論有多大的本領，都無法施展了。他想起了辦公室裡未了的工作，想到自己的若干小小的成就，銀行裡的存款，分期付款剛剛買來的那套音響設備，和那輛不太新的新車，母親的信，今天晚上自斟自酌的小小奢侈——現在是一切休止。於是，他不經意地、有腔無字地哼著「四郎探母」裡面楊延輝的感慨：「我好比，籠中鳥，有翅難展……」

籠中之鳥，停了擺的電梯中的乘客，亂世中沒有根的現代人。

「請問，你是中國人嗎？」

她在黑暗中發問，吞吞吐吐，自己拿不定主意該不該問；還沒有等對方回答，就又說：「我聽到你在唱中國的平劇，對不對？」

他說：「是的，」還點點頭，雖然明知她看不見。「妳懂平劇嗎？」

「一點點，一點點腔調；我聽得出來你剛才唱的好像是……」

「是『籠中鳥，有翅難展』，我們不正是動也動不了的籠中之鳥嗎？」

彼此皆沉默無言，久久。

「妳也是中國人吧？」這次是他發問。「我以前沒有看到過妳。妳不是在這樓裡上班吧？」

他這次說的是中國話。

「不是，」她一口「京片子」，清脆甜潤，「啊，我是說，我不在這兒上班，來找朋友的。對，我是中國人。」

「我猜妳來這兒不太久吧？」

「一年多了。我是——我是來念書的。」

「哪個學校？」

她說了那學校的名字。

「很好的學校，」他說，「我以前也想進那家學校；可是，不湊巧我進了另一家，那是十多年前的事了。」另一家也是有名的學府。他沒說出來的是，因為這一家給了他獎學金的緣故。「妳念甚麼？」

「沒甚麼，本來是要念電腦，」她說，這樣不算是洩漏機密吧。「因為我們國內推行『四化』，需要各式各樣的人才，尤其是科技人才。」

「對了，我聽說過。」他說。「電腦容易念嗎？」他不過是順口問問，其實他自己也念過，說難也沒有甚麼難。反正人都是喜歡新鮮。

「還可以。」她說，「不過我還是念理論數學，我本來是學數學的，在國內。」

「那很好。」他說，心裡想，那麼她是屬於「新生事物」的。以前聽說，全大陸上有好長一段時間，一家大學都沒有，更不必談理論數學。

他當然相當關心中國大陸，畢竟那兒是他的鄉土，先人廬墓，童年友伴，故鄉風物，然而，太遙遠了，太渺茫了，像一團看不清楚的煙霧。共產黨，「三反五反」，「文革」。他斷斷續續聽到過一些。殺人如麻，流血遍地，關了人民關自己，劉少奇居然也是國特、叛徒。越搞越糊塗，越想也就越不清楚。

「先生，你是從——」

「我是臺灣來的。」他彷彿等不及要說這句話。「不過，我出生在山東，小時候就跑過不少地方，後來是從青島到了臺灣。」

「臺灣？你是從臺灣來的？」她把臺灣那兩個字放在嘴裡慢慢咀嚼著。她當然知道臺灣，也明白「從臺灣來的」代表著甚麼意義。在最近這三百多個日子裡，她曾在不同場合，遇見過臺灣來的中國人，多半是學校裡的學生。男男女女，在她看來是有些花紅柳綠，會玩，會唱，會談天，也會念書。

不過，她從來不曾和一個「從臺灣來的中國人」這樣單獨相對，在黑暗裡，在半空中，彼此都看不見對方是甚麼樣子，甚麼神情。

5

他們已經談了很多，大部分時間是他在講話。她發問，先是試探，繼之是好奇。她發覺，這個人好像沒有甚麼顧忌；問他甚麼他都回答。那種開朗的聲調和氣度，使她也受到了浸潤感染。

人與人之間，原本不應該樹起重重的藩籬。但，也許只是由於寂寞。在這個大城市裡，異鄉人，她這麼想，人人都有滿腔的話想要說，而又找不到適當的對手。是的，一定就是這樣。她想，他其實沒有甚麼可怕，並不像「領導」所形容的「臺灣國特」那樣陰險，每句話裡都有一個陷阱。不是的，他也只是一個如他自己所說的，平平凡凡的中國人。

「那一年，我跟母親到了臺灣，是搭軍艦去的。艦上好擠，吃的喝的都不夠，到了晚上，甲板上風大得很。白天又曬得要命。可是，沒有一個人抱怨。大家反而都互相慶幸：『老天幫忙，我們總算能脫過共產黨這一劫了。』當時我還小，反正是跟著母親走，並不怎麼懂。更不覺得有甚麼值得慶幸的。這幾年，看到從越南逃出來的難民，八兩黃金一個人，千辛萬苦，甚麼都不顧了，只是要往外面逃。我覺得我有點兒懂了——別人管他們叫『船民』。我當初還不是一樣？大海茫茫，孤舟鼓浪而進，就這麼揀來了一條性命。」

她默然，她沒有像那樣逃難的經驗。但她並不難懂那種心情。「所惡有甚於死者。」是的，她看到、聽到、和自己忍受過的，已經太多太多。

「在臺灣，最初的那幾年，很苦。」他說——他平日不願回想那一段艱辛歲月。父親沒有來得及出來，有人說早已過世了。他不能確定；但他和父親之間說不上甚麼感情。他對父親的印象是模糊的，都是得自母親的口中——就像對大陸一樣，遙遠而又親切的感情。父親總是父親，「父兮生我」；沒有父親怎麼會有我？可是，父親在哪兒呢？

「孤兒寡母的日子當然不好過。如果不是母親那樣能吃苦，那樣咬緊牙關，到菜市場賣菜、養雞，一針一線打零工，我也就不可能上了大學。」他說，「不過，也虧了有那一套辦法，小學是免費的，往上去，考試是公平的。雖說考起來煩得要命，不免有『惡補』——妳懂甚麼叫『惡補』嗎……就是老師給學生課外補習，像填鴨一樣，不喜歡也得補。可是，就這樣子，我念到了大學畢業。後來拿了個獎學金，我就到這兒來了，再花上幾年工夫，念到了個博士學位，找了個工作。先前倒也沒想到一住就住了這麼久，十年，好傢伙，一轉眼就是十年。」

「那你母親呢？」

「她還在臺灣。搬到了臺北，買了一所小房子。我要接她出來，她總是不肯。『我老都老了，總要守著自己的窩。跑到外國去幹甚麼？』在那兒，她有朋友、晚輩，有時候到教堂去——在臺灣，上了年紀的人信教的可真不少。寫信來的時候，常常會來這麼一句：『求主保佑你。』好像是挺虔誠的。」他說著，止不住笑，是幾分帶著愧怍的笑。兒子不能侍奉老娘，老娘才會依靠天主。天主不會讓她失望。

「那你為甚麼不回去呢？」

這是個不容易回答的問題，「我倒也時常想回去。不過，妳知道——」其實，她怎麼會知道？連他自己也弄不清楚。「我猜想，就算是人的惰性吧。念書的時候就專心念書，書念完了，就跟大家一樣，找個事情歷練歷練吧。聽朋友們說，在臺灣找事不容易，錢也有限。能在這邊先幹幾年，累積一點經驗，也存一點錢，再回去闖天下。話是這麼說，可是，一呆定了，再要動就難了，許多許多因素……」

過了一會兒，她又問：「你說究竟是這兒好，還是臺灣好？」

「怎麼說呢？我覺得是各有各的好處。中國人嘛，當然覺得臺灣有臺灣的好處，所有屬於中國的，包括好的和壞的，反正是屬於中國人的，還都在臺灣保存著。」

「那你還是應該回去，既然臺灣那麼好——」她的語氣裡好像帶著點不怎麼友善的譏嘲意味，雖然她本心並非如此。

「也許妳說得對吧，」他微喟一聲，其實，這個問題在他自己內心也反覆辯論過不知多少次。「妳呢？妳是不是念完了就要回到北平去？」

「當然，我一定要回去，大搞『四化』。祖國的恩情，人民的栽培，要不然我出來幹甚麼？」接著，她衝口而出，「就是這一兩天，我就要走了。」

「真的嗎？那可真——」他也是衝口而出。不知道該說那可真——好，還是那可真——糟。他向來不是善於敷衍的人；但是，對於這樣一個素昧平生的人，說老實話並不容易。他有一種體諒，一種「不忍之心」。

「出來了，就是為了學點本事，為中國服務，為人民服務。」她一面說著，一面不自覺地挺了挺胸膛，好像是有意加重那一分兒「理直氣壯」。

「可是，」他有點兒聽不進這種類似《人民日報》式的辯護。「我聽說，大陸上的老百姓這些年來吃了不少的苦頭。妳——請原諒我這麼說，妳真的以為回去之後，能為人民服務嗎？還是因為妳貢獻了妳的才智，直接間接幫了統治階層的忙，反而使人民更受苦呢？」

「這個你不懂，」她悻悻然說，「歷史的演變，總有一個過程。過去，我們那邊也許犯過一些錯誤，人們已經從錯誤中得到了一些教訓。以後再犯錯誤的話，人民不會答應。」

「問題是，人民說話算數嗎？」

她沉默著，心裡翻騰不已，人民說話能算數嗎？她自然明白，更不是不知道真實的答案是甚麼。她自己經歷過的已經太多了。

「對不起，你們那邊的事情，我知道得實在有限，因為——因為我畢竟不是那一行的專家。報紙雜誌上斷斷續續看到一些，只能算是一鱗半爪。政治我完全不懂。不過，我覺得不管甚麼政治，總是得先讓老百姓衣食無缺，年輕人能受教育，壯年人能發展他的能力。不要老是鬥來鬥去；而且，搞政治畢竟不能違背常識，不能違背人性。照這三十多年來的搞法，我覺得那不是一條走得通的路。老百姓固然吃盡了苦頭，當權的人又何嘗有好日子過？連劉少奇——」

「劉少奇已經平反了。」她連忙打斷他的話。

「劉少奇只是一個例子。當共產黨當到了劉少奇，『國家主席』，應該算是到了頂了。可是，後來遭遇那麼慘，真使人無法理解。說是平反，那已經是他死了好幾年以後的事，我雖然不相信唯物論，也覺得這種『精神勝利』未免太空虛了。」

她不由得暗暗點頭。不錯，這也正是她自己，以及和她這個年齡、背景的許許多多青年人埋藏在內心中的疑問。她想要把揭批「四人幫」的話搬出來，可是，自己也覺得無聊，甚麼人不知道江青是誰的愛人呢？

道理她都明白。不過，她的痛苦就在於：她可不能不「站穩立場」。她必須要「劃清界線」，必須要為那個政權——天知道，她自己在那裡邊說話也是一點兒都不算數的——竭力辯護。這不是完全出於愚蠢，也不是完全出於恐懼，而是——怎麼說呢？出於一種近乎自衛意識的本能；此外，也可能是一種「一廂情願」，希望未來的事情真像《人民日報》上說的那樣好，那樣「實事求是」。她是曾經被巨浪狂潮沖到谷底的人，現在，浪潮暫時轉變了方向，在喘息慶幸之餘，她又不得不抱著一線的希望——也許真的會「變」了呢？

也許，當權的人們確實已經痛悟前非，將來真會由壞變好了呢？

當有人對這一點提出詰難的時候，她都止不住要萬分憤慨地提出辯護。那是證明自己清白的一種「責任」；但更重要的，因為那也是她自己的一線之望。否則，她的世界將只是一片漆黑，就跟這電梯裡一樣。人，還有甚麼活頭？

然而，此刻她卻覺得無話可說。不是無話可說，而是覺得說那些「門面話」，沒有意義——因為她自己先就不相信。究竟將來會怎麼樣的變法，她說不出來。

而明天，最多後天，她就要離開這兒，回到「我們那邊」去。去留無定，由不得自己。以後的軌道，是擺在那兒的「一貫正確」的軌道，用不著任何人多費心思——又和以前一樣了。

以前，是一場噩夢，甚麼事都隨不得自己，「自由意志」就是罪名。用不著，你用不著自己去思想，要小心，當你自己要思考、要判斷、要選擇甚麼是對、甚麼是不對的時候，那就是「墮落」的開端，危機的第一步……

不必去想，那樣子也好，就不會那麼累。浪潮沖著你起伏昇沉，它有它的方向，你只是大海中的一個泡沫。萬一沉下去再也浮不起來，或者破碎了，那也算不了甚麼，「人生自古誰無死」；就和千千萬萬人一樣，無聲無臭歸於消逝。想穿了這一點，其實也就沒有甚麼可怕。

但是，她問自己，我真的想穿了嗎？

她不敢為自己找答案。電梯裡的黑暗，給她一種無可名言的禁錮感。

「妳剛才說，妳還有一兩天就要回北平去了？」他說。為了那句話，他有說不出來的感動。就因為她透露這一點是屬於自己的事情，他覺得兩人之間的距離無形中接近了一些。

「嗯，沒錯，除非這個電梯吊在這兒永遠不動。」她覺得這是無傷大雅的幽默。「你呢？你有甚麼打算？」

「啊，人都太忙了，特別是在這裡，人都忙得沒有空兒去想，也許是本來就無心去想，就沒有計畫。回臺灣嗎？要回去，得有一番安排，生活啊，工作啊，等等等等。大陸呢，雖然那兒也是中國的一部分，但是照眼前的情況，我絕不會去的。從來沒想過要在共產黨手底下過日子。散漫慣了，那罪過大概受不了。但是，我也並不想在這兒長久住下去，作一個外國人，或者作一個不是中國人的中國人。所以，妳看，」他兩手一攤，雖然明知道她看不見，「沒有甚麼前途。說得哲學一點兒，我覺得我這半輩子的生活，都像被關在這電梯裡一樣，停頓、靜止，吊在半空中，而自己使不上勁。」

「真有那麼——」她沒有再說下去。

「妳是說很淒涼，是吧？表面上看不出來，但這是我內心的感覺——我平常不敢去想；可是，每當想起來的時候，就會覺得很洩氣。當然，吊在半空的感覺，是剛剛才想到的，因為我們剛好被困在這裡。我可以再用用打火機嗎？」

聽了這突如其來的話，她止不住「吃」的一聲笑了出來。

「笑甚麼？」

「我笑你，也像那些外國人一樣，好講禮貌，專門講在不關緊要的事情上。」她說，「你何必問我，你不是已經打過一次打火機了嗎？」

「這次不一樣，因為，」他沉吟片刻，「這次我是要一點點光亮，讓我看看妳。」

於是，一朵小小的黃色光燄，底下有一層藍色的影子。他舉著那搖搖曳曳的光，像黯夜幽谷裡的一支篝火，湊近她的臉。「妳也看著我。」他說著，微仰著臉，感覺到那火燄的微熱。

「有一點點光亮，真是好。」她舒一口氣，「太黑了。」而她更因為在那一剎那間所見，有了安安穩穩的感覺——這個人，方方正正的臉，帶點兒憂鬱又帶點兒嘲笑的眼神（她特別注意他的眼睛）；她的習慣是，判斷一個人，首先要看他的眼睛；他的頭髮隨隨便便那樣梳過，不是很循規蹈矩，一絲不苟，也不是像某些外國年輕人那樣誇張的蓬亂如麻。如果剝去了衣著和一切附件，他仍然是一個純粹的中國男人，也許正是她心裡會偷偷喜歡的中國男人。沉穩含蓄，在緊張中有一分從容。

當打火機上的火頭兒熄滅以後，他仍然注視著她，已經甚麼都看不見了，儘管是；但他還是望著電梯的那個角落。她的那個方向。

不是震動，沒有那麼強烈。但卻多了一層「我們都是中國人」的親切感。她是一張清水臉兒，眉毛很細卻很黑，嘴唇小小的，圓圓的，閉得緊緊的，她的眼睛裡有一種水靈靈的、有點兒奇怪的東西，不是怕，不是畏怯，但讓人看了會有一點兒不安——像關在動物園裡的羚羊，想要逃避，但不知要奔向何方。一種茫然，一種執著，一種執著之後的茫然。

可能她是個狂熱的共產黨員，積極分子，他們怎麼說來著，「根正苗紅」，或者像吉拉斯——南斯拉夫的狄托元帥的老戰友，而後來成了堅決反共的評論家——說過的，屬於紅色貴族的「新階級」?再不然就是那個階級的高等人物的女兒。但是，不管怎麼樣，她仍然是一個中國人，屬於長江、黃河的，屬於塞北、江南的中國人。

俄頃之間的面面相對，黑暗中突然有了光明，光明熄滅之後仍歸於黑暗——彼此面對面地諦視，一種說不上來的複雜的感情油然而生，不錯，我們都是中國人，不管時間怎麼短暫，兩個人都有著相同的想法。

「妳很——」他想要讚美她一句，又覺得那不合乎中國人的習慣。「以前，臺北有位詩人寫過一句：『天空如此希臘。』有人讚賞，也有人批評。我倒覺得可以借來用一下：『妳是如此中國。』不算牽強吧?」

「謝謝，」她笑著說，「其實，你也一樣。我們中國人，隨便怎麼樣天翻地覆，不管遭遇了甚麼，也不論是甚麼樣的主義，這樣那樣，到後來我們還是我們中國人。」

「小姐，妳可要小心啊，」他說，「就憑妳最後一句話，說不定人家會說妳是個右派。」

「右派?那也沒甚麼，『文革』的時候，全中國至少有一半的人，都被打成了右派。凡是不肯跟著亂吼亂叫，到處打砸的，多多少少都有右派嫌疑。」

「妳自己呢?也有那種經驗?」

她默然，點點頭，對著黑暗。

「當了右派，或者說被打成右派，究竟有甚麼不好？是像犯了罪的人一樣去坐牢嗎？」他說，「我說報紙雜誌上的報導，總覺得說得不夠清楚。當然，如果妳不想說，我們就不談這一段兒。」

「談談當然沒關係。你知道，大陸上和從大陸上出來的人們，目前最流行的消遣之一，就是談談文革那十年浩劫。罵罵四人幫，出出氣。每個人都有一肚子的怨氣。」

「那麼，妳——究竟是甚麼樣的怨氣？」

「不談我自己吧，沒有甚麼好談的。」她不由得一陣寒顫。那些經歷，太像一場噩夢。

「我只不過經受過一些小小的波折，一些小小的錯誤——記不清究竟是我自己呢，還是別人的錯誤。事情已經過去了，就不必再回頭去看、去想。」

「那妳就講講別人的事，妳知道的事，好不好？」

「幹嘛，你要採訪新聞哪？」

「不是那個意思。只是——反正我們被困在這黑洞洞的電梯裡，上不著天，下不著地，出君之口，入我之耳，閒著也是閒著。」

她沒有馬上回答。過了一會兒，她問：「你聽說過有個叫劉賓雁的沒有？大陸上鑾出名的一個新聞記者。」

「好像聽說過，好像他揭發過在東北甚麼地方的一個縣級幹部，大搞貪汙；那人的名字像個男的，其實是個女的，挺會搞社會關係。我記不清楚細節了，聽說就因為劉賓雁一報導，那個幹部後來給鎗斃了。」

「鎗斃沒鎗斃，我也記不清，」她說，「不過，劉賓雁因為那篇文章而大大出名。他過去就曾長期被打成右派，受過不少的罪。有人前些時候問他：『在長達二十多年被社會排斥的生活中，你主要的內心感受是甚麼？』」

「他怎麼說的？」

「他說——這也正是我自己印象最深刻的——一個人被打成了右派之後，最痛苦的是兩件事。第一件是你是賤民，不是一個人，不是一個平等的人，誰都可以罵你、侮辱你。劉賓雁在一九四四年就入了黨，一九五七年為了寫甚麼暴露性的文章，剛好趕上『反右』的風潮，被打成了右派。捉捉放放，無論關進去或放出來，反正都等於是坐牢。劉曾分析他自己的心情說，這種精神折磨的最可怕、最厲害的地方，就是它讓人在潛意識裡不停地想到：『我是右派，我是右派。』這種日夜無休的恐懼感和罪惡感，我自己也親身體驗過。」

「還有呢？」

「第二件痛苦的是，一旦被定了右派的罪名，即使你想作點好事，也不讓你作。像劉賓雁吧，他足足有二十多年，不准寫任何文章。他跟別人講起來，曾舉了這麼一個例子：譬如你看到一個小孩在剝樹皮，想勸阻他：『你不能剝，剝了樹會死的。』那小孩的爸爸會馬上跑過來說：『你有甚麼權利管？你甚麼身分？』有時連小孩都會罵你：『你管得著嗎？老右派！』劉自己曾說，即使寫得出一部《戰爭與和平》，也不會有人給他發表。被關在『五七幹校』的那幾年，有人無聊到去池塘裡抓青蛙，劉賓雁雖然懂俄文和日文，但他想翻譯一點最枯燥的石油化工的技術資料都不准。一個人只要是被扣上帽子，那就扯不清了。沒有人相信你，也沒有人再把你當人看。」

「妳，妳也有跟他一樣的感覺？」

「差不多吧。不過，我年紀比他輕，禍沒有他闖得那麼大，自己覺得大概也沒有他那一套本事。受點兒小罪，讓自己學得聰明一點，老實一點，凡事跟著混混算了，既不要翻舊賬，也不必想將來。想得多了，就是自尋煩惱。」

「問題是，妳不想，就躲得開嗎？他們現在不是又在反左了嗎？是不是又得有半數中國人挨整挨鬥呢？對不起，妳剛才說過，妳馬上就要回去；這個問題不方便談的話，就算我沒說。」

「倒不是不便談，而是我了解得不夠清楚。我出來已一年多，裡頭究竟又有些甚麼變化，單單看《人民日報》，恐怕太表面化了。不過，大家心裡都有數，反左是誰發動的？為了要打擊哪些人？」

「左，左，左，右，左，」他自言自語，摹倣著小學生列隊行進時，體育老師發口令的口氣。「十億中國人，反來反去，反了幾十年，怎麼個了局呢？左也不對，右也不對，連劉少奇、鄧小平這一流的角色自己都沒有辦法搞清楚，老百姓該怎麼辦呢？」

「所以我說，不要想得太多。前前後後，如果對照起來一樣樣的細琢磨，那人可就沒有活頭了。」她說，像是為自己找理由，也好像是急於要從這樣的討論中「撤退」——她自己已經感覺到十分沮喪。

「也許是吧，」他說，「在這樣驚濤駭浪的時代裡，個人太渺小，太無力，彷彿是自己作不了主的微塵。我也常常有這樣的想法。不過——」

「不過甚麼？」

「像有些思想家說過的，自由人的可貴，就在於他能夠選擇——依據自由意志、自己對自己負責去作選擇。妳的選擇就是回去『搞四化』嗎？就是相信那些人真的會不再那麼胡整，不再那樣任意把好人打成賤民嗎？」

她低下了頭，兩隻手摸索著旅行袋的提手，這也正是她所面臨的最痛苦、而又最迫切的問題。一天？兩天？很快她就得作決定、作選擇。事實上，決定是「領導」的決定，選擇當然也並不是她自己的選擇。

但是，她仰起頭來說，對著黑暗，對著那個她聽得見聲音卻看不到形象的人說：「也許我很傻。我的唯一的念頭是，我寧願回去和中國人民一起受苦。畢竟我是中國人，中國人都在受苦受難的時候，我不應該置身事外。就算是……」

「就算是甚麼呢？就算是將來又被打成右派嗎？他們怎麼講的來著，叫作政策的反覆吧？那是誰都保證不了的事。對不對？」他輕輕地說，滿懷憐憫之情，「我想，妳也很清楚吧？主觀的願望是一回事，客觀的事實又是一回事。他們改好了嗎？他們能改嗎？太渺茫了。我倒是在最近的報紙和電視上不斷看到，有一個中共的飛行員，從山東駕著米格機飛到了南韓，然後就去了臺灣。還有一個中共的女運動員，一個網球明星吧，在美國要求政治庇護。還聽說，中共派出來的留學生，公費的和自費的，許多許多都不打算回去，光是在美國，聽說就有上千人請求庇護的。這些人大概都不像妳想得那樣樂觀吧。」

「樂觀？也不是，我告訴過你，剛剛，甚麼事都不必多想，順其自然算了。讓我出來，我就出來；叫我回去，我就回去。至於說將來怎麼樣，我認命。這一代的中國人，不認命有甚麼辦法？」

他聽得出來，她的語調中有一股倔強。很虛弱的近乎自負的倔強。他不想多說，讓她自己去回味吧。她事實上已經在開始「想」了。有些話，不必說，也許不說比說出來更好。

每一個人都不過是一粒粒的微塵，他想。而人間也不過是萬萬千千微塵在空際飄盪。不同的是，微塵裡面還有一顆心，能判斷，能選擇，能思想。當微塵能夠想的時候，當許多微塵都能想的時候，它就不是無意識、無力量的無機體，它就會選擇它自己的方向。

就在這時候，頭上的燈光忽然亮了。他們兩個人都為這突然而來的強光眨著眼睛。

而電梯緩緩下降。黑暗只是一段記憶，只是一段意外的、彷彿並不曾發生過的事情。

6

街上，熙來攘往。

街頭人潮，發出噪雜的、不協調的聲音。像把不讓人聽到的「切切私語」放大了一萬倍。

而他們兩個人被吞沒在那匆匆來去的人群之中。

有人在談論剛才停電的事情，也有人在斥罵：「不知那些老爺們搞些甚麼東西！」但誰都沒有功夫去追究來龍去脈，電又來了，燈又亮了，到處是霓虹燈的光影閃耀。

「讓我來拿吧，」他從她的手中接下了琴盒，她自己提著旅行袋。「時候不早了，這樣吧，我請妳吃晚飯。就在這附近，大概只要十分鐘，自由大道向右轉，巷子裡有一家中國餐館，我請妳嚐嚐他們的三鮮鍋貼，好不好？那店主是個從臺灣來的天津人。生意作得挺興旺的。我這兒還有這個。」他舉舉手中的酒瓶。

她沒有說好，也沒有說不好，只是默默走去。她想，如果真的就此回去了，想吃一頓三鮮鍋貼可就不容易了。說真的，她活了二十多年，真不記得甚麼叫作三鮮鍋貼。

暮色四合，華燈初上，繁華之中，有一種說不出的淒迷蒼涼。這兒終究也還是異鄉。

坐在深巷中小飯館裡，他把酒瓶打開，一人斟了一杯，「我們剛剛相識，也許以後永遠不會再碰到面了。所以，我敬妳一杯；祝妳——」

「祝我甚麼呢？」她淺淺一笑，「祝我歸途愉快，一路順風嗎？」

「如果那是妳自己的選擇。」

「如果，如果我不那麼選擇了呢？」

他默不作聲，喝了一大口酒，臉上泛上了紅雲，「那麼，我更應當為妳慶賀。我們會有更多的時間作朋友，有更多的機會在一起談天。說不定還會再有在黑暗之中默默相對的時候。譬如又在電梯裡碰上了停電。」

「我應該感謝你剛才的話。」她說。她心裡想，黑暗讓人恐懼、孤獨，但也給人勇氣，讓人多想一想，增強了一個人掙脫黑暗的決心。人，畢竟不是微塵。

她舉起杯來，懇切地說：「謝謝你。」

一九八三年四月廿七日

彭歌作品

【三民叢刊 263】

在心集

人生波動、國家治亂、世界安危，總其根源，都在人心。王勃有謂：「老當益壯，寧移白首之心，窮且益堅，不墜青雲之志。」正是懷著這種純情丹心，本書作者細緻地寫下了心中的點滴，有文學評析、歷史反省，更有人物介紹及思想的澄清，足是一本用心之作。

【三民叢刊 163】

說故事的人

寫小說是一種入世的事業，優秀的小說家，不能缺少「說故事」的能力。本書作者舉名家作品為例，認為文字創作不可媚俗阿世，隨波逐流，但亦不宜完全忽視讀者的反應，以使文學藝術與時代精神相輔相成。

【三民叢刊 127】

釣魚臺畔過客

本書是作者闊別故鄉北京約半個世紀後，回鄉省親的見聞和觀感。抒情寫景、透視世相，皆有獨到之見，情思深厚而又耐人尋味。當他在北京釣魚臺國賓館中作客時，長夜沉思，想到的是柳暗花明的中國的前途。

國家圖書館出版品預行編目資料

惆悵夕陽／彭歌著.－－初版一刷.－－臺北市：三民，
2009
面；　公分.－－(世紀文庫:文學024)

ISBN 978-957-14-5254-8　(平裝)

857.63　　98016758

© 惆悵夕陽

著作人	彭　歌
總策劃	林黛嫚
責任編輯	蔡忠穎
美術設計	郭雅萍
校　對	吳叔峰
發行人	劉振強
發行所	三民書局股份有限公司 地址　臺北市復興北路386號 電話　(02)25006600 郵撥帳號　0009998-5
門市部	(復北店) 臺北市復興北路386號 (重南店) 臺北市重慶南路一段61號
出版日期	初版一刷　2009年10月
編　號	S 857320

行政院新聞局登記證局版臺業字第〇二〇〇號

ISBN　978-957-14-5254-8　(平裝)

http://www.sanmin.com.tw　三民網路書店